论人

〔英〕亚历山大·蒲柏 著

李家真 译注

商务印书馆
The Commercial Press
始于1897

Essay on Man.   *to face the Title.*

"看往昔既富且贵、才大名高的人杰，是如何假装攀上，完满幸福的梯阶！"

蒲柏为《论人》绘制的扉页题图

汉译世界文学名著丛书

出 版 说 明

1902年，我馆筹组编译所之初，即广邀名家，如梁启超、林纾等，翻译出版外国文学名著，风靡一时；其后策划多种文学翻译系列丛书，如"说部丛书""林译小说丛书""世界文学名著""英汉对照名家小说选"等，接踵刊行，影响甚巨。从此，文学翻译成为我馆不可或缺的出版方向，百余年来，未尝间断。2021年，正值"汉译世界学术名著丛书"出版40周年之际，我馆规划出版"汉译世界文学名著丛书"，赓续传统，立足当下，面向未来，为读者系统提供世界文学佳作。

本丛书的出版主旨，大凡有三：一是不论作品所出的民族、区域、国家、语言，不论体裁所属之诗歌、小说、戏剧、散文、传记，只要是历史上确有定评的经典，皆在本丛书收录之列，力求名作无遗，诸体皆备；二是不论译者的背景、资历、出身、年龄，只要其翻译质量合乎我馆要求，皆在本丛书收录之列，力求译笔精当，抉发文心；三是不论需要何种付出，我馆必以一贯之定力与努力，长期经营，积以时日，力求成就一套完整呈现世界文学经典全貌的汉译精品丛书。我们衷心期待各界朋友推荐佳作，携稿来归，批评指教，共襄盛举。

商务印书馆编辑部

2021年8月

灵魂的安和日光

（代译序）

一七三三年一月至一七三四年一月，英国诗人亚历山大·蒲柏（Alexander Pope，1688—1744）陆续发表了四篇诗体书札，四篇书札合在一起，便是他的哲理长诗《论人》（*An Essay on Man*）。发表这些书札的时候，蒲柏耍了个小小的花招，既没有署他的名字，也没有跟他惯常的出版商合作，同一时期，他还通过他惯常的出版商发表了其他三篇重要诗作。这番安排产生了一个戏剧性的效果，那便是一时之间，英国公众把一些五花八门的人物设想为《论人》的作者，单单漏掉了那个"唯一有本事写出此诗的人"。

《论人》以人性为探讨对象，而《论人》的发表过程，刚好就是对人性的一次小小测试。蒲柏一生爱憎分明，在当时的英国文坛树敌甚多，他的一些诗作因此受累，落下了不少不甚公道的恶评。匿名发表的《论人》，甫一面世便赢得如潮掌声。由于不知道作者究竟是何方神圣，蒲柏的一些文坛死敌也为《论人》送上了热情洋溢的赞誉，以至于很难"体面地改口"。这些人的称赏固然包含上当的因素，但这段插曲足可说明，这部诗作本身，的确具备令人叫绝的魅力。

法国作家伏尔泰（Voltaire，1694—1778）曾说，《论人》是"古往今来所有语言之中最优美、最有益、最崇高的讽喻诗"。苏格兰哲学家杜格德·斯图尔特（Dugald Stewart，1753—1828）也说，"在以我国语言写就的哲理诗作当中，《论人》是最高贵的一个范本"。用诗行来论说抽象的道理，一向是一份费力不讨好的差使，用诗行来论说人性这样的大题目，更是一件难如登天的任务。《论人》皇皇一千三百行，采用严谨的英雄双行体（heroic couplet），蒲柏戴的是这样一副缚手缚脚的镣铐，要跳的又是这样一种复杂繁难的舞蹈，但他依然能跳得潇洒自如，为我们奉上一部说理明晰、比喻形象、风格雄浑、音韵铿锵的诗章，不能不说是一个了不起的成就。

当然，蒲柏的这部长篇杰作，收到的并不是一边倒的好评。同时代英国作家塞缪尔·约翰逊（Samuel Johnson，1709—1784）是受到蒲柏提携的后辈，往往对蒲柏推崇备至，但却为《论人》写下了这样的评语：

> 这部诗作提供了一个令人瞠目结舌的实例，可使我们领教才气的宰制之力、意象的炫目之光、雄辩的蛊惑之能。知识的贫乏和见解的粗陋，从未得到如此巧妙的掩饰。展读此诗之时，读者虽然什么也没学到，心里却觉得无比充实；他眩惑于一个个妆扮一新的道理，以至于全然忘记，这些不过是他母亲或乳娘的教诲而已。

约翰逊这番苛评，主旨是《论人》缺少创见。后来的一些批评家着眼于哲学论断或基督教教义，更是对诗中的观点和逻辑大加挞伐。然而以我愚见，人性是一个人人皆有体认、人人皆曾探究的亘古课题，就这个课题而言，实质性的创见即便不是无处寻觅，至少也不是一种适合用诗歌阐发的事物。基督教哲学对西方的影响无远弗届，蒲柏一家又都是天主教徒，诗行之中不可能不掺杂宗教色彩，但诗歌终究是诗歌，不能绳之以评判哲学论文或布道词的标准。约翰逊所说"才气的宰制之力、意象的炫目之光、雄辩的蛊惑之能"虽然意在贬抑，但却恰恰道出了《论人》的成就所在。即便《论人》包蕴的思想真的只是老生常谈，那也正应了蒲柏自己在《论批评》(*An Essay on Criticism*, 1711) 当中的中肯之论：

> 真正的妙笔只是，妆扮得体的自然，
> 写的是常人所想，表述却空前精炼；
> 它会为我们呈现，我们内心的图景，
> 承载着真相至理，使我们一见输诚。

斯图尔特说，《论人》"除了极个别段落之外，整体上构成了一篇价值巨大的概述，总结了人类理性迄今能为上帝的道德治理提出的所有辩词"。我以为《论人》的佳妙之处，不光在于它以华美的文辞阐明了西方思想史上一些源远流长的论点，还在于它融汇了蒲柏自己的人生体认，映照着蒲柏自己的内心光明。关于人性的道理，虽然说人人可知，但这些道理往往障蔽于世俗的埃尘，使我们难于记起，甚或忘得一干二净。这些道理出之于蒲柏的真情实感，出之于蒲柏的生花妙笔，自然能赢得我们的共鸣，使我们再难忘记：

> 内心的真切喜悦，灵魂的安和日光，
>
> 非外物所能给予，非外物所能毁伤，
>
> 便是美德的奖赏……

照我的想象，写下以上这些诗句的时候，这位诗人的心里，想必是真个充满了"灵魂的安和日光"。

美国文学批评家，蒲柏权威传记作者梅纳德·马克（Maynard Mack，1909—2001）曾经指出："总体说来……正如《呆厮国志》（Dunciad，蒲柏的讽刺史诗）代表了蒲柏天才想象的黑夜一面，《论人》代表了他想象的白昼一面。"细味此诗，马克此语确为的评。既然如此，我们不妨以这位才子的光明诗章为灯烛，敬畏天理，居仁由义，努力做一个坦坦荡荡的乐只君子，努力过一种俯仰不愧的磊落人生。

二〇二二年四月十二日

目　录

题献

谨呈亨利·圣约翰，布林布鲁克勋爵①

---

① 《论人》（*An Essay on Man*）即《论人四札》（*An Essay on Man in Four Epistles*），由四篇诗体书札组成，首次刊行于 1733 至 1734 年间。题献对象亨利·圣约翰（Henry St John, 1st Viscount Bolingbroke, 1678—1751）是英国政客及政治哲学家、托利党领袖人物，蒲柏的友人，1712 年受封为布林布鲁克子爵。西方学者历来认为，蒲柏借由此诗表达的观点，或多或少受到了布林布鲁克勋爵的影响。英国词典编纂家、蒲柏的友人及传记作者塞缪尔·约翰逊（Samuel Johnson, 1709—1784）亦持此说。

题旨

　　敝人立意就人类生活及行为撰写些许篇什，以收培根勋爵所说"洞烛世情、直抵人心"①之效，并已考虑周详，此一系列当以探讨"人"之概念、本性及状态为开端。盖因我等无论面对任何生灵，凡欲确证其道德义务，规定其道德准则，究诘其瑕疵有无，皆须首先辨明其处境与位分，辨明其存在之应有意义及适当目的。

　　人性之学一如其他一切学问，要义仅限三五清晰命题：此世之确定真理，实可谓为数不多。由此可见，解剖心灵与解剖肉体同理，考校显豁可感之大节对人类较有助益，胜于一味探查微细神经与脉管，后者之结构功用，我等永无观察实证之法。种种争议，无不因此类琐屑枝节而起。除此而外，恕敝人斗胆直言，枝节之争并未助长人类才智，徒然助长敌对之心，并未使道德理论突飞猛进，反倒使道德实践衰微倒退。敝人倘可靦颜自谀，称拙作不无佳处，佳处即在于谨守中道，弃绝各种看似对立之极端教条，在于略去各种全然不知所云之术语名目，

----

①　引文出自英格兰大哲弗朗西斯·培根（Francis Bacon, 1st Viscount St Alban，1561—1626）所撰《随笔》（*Essays*，1625）的献词。培根曾因功受封男爵，后又晋封子爵。

在于篇中阐发之伦理体系，温和而不乏条贯，简短而不失完善。

拙作采散体亦无不可，但敝人最终选定诗体，所撰且为有韵之诗，其理有二：其一明白易晓，盖缘如此写就之原理、箴言或准则，初读便印象深刻，日后亦易于记诵；其二虽略显不合常情，但却于事实无悖，乃因敝人发现，以诗体制撰此作，篇幅竟较散体更为短小，而况一切论说箴规，力量及美感太半在于简洁，此理至为凿凿不移。此一部分主题，敝人仅可如是阐发，更求细密周详，便难免枯燥乏味，更求诗韵悠长，便难免以辞害意、有失严谨或破坏逻辑。假使有人能兼顾以上种种，方方面面皆无减损，敝人自当爽快承认，此人之杰作佳篇，非区区才力所及。

敝人此次所刊，只可视为人性之总体略图，图中标识仅涵盖人性重大关节，以及此等关节之范围、限度及关联；更为明晰之细部勾摹，则留待日后梓行之局部详图。[①] 由此可知，尚需工夫之详图书札（假使健康与闲暇容敝人下此工夫）定不致如此枯燥，文辞诗韵定可有更大雕琢余地。敝人此时所为，无非开掘河源、疏浚河道而已。将来之种种工役，亦即厘清水脉、勘探水路、观察水文，或更惬敝人之心。

---

① 蒲柏曾计划撰写一部体量宏大的诗体书札集，全面探讨人类生活及行为。照他的计划，《论人四札》只是这部书札集的首卷及总纲。但他没有完成这个计划，可归入这一计划的其他诗作仅有他发表于1731至1735年间的《道德四札》（*Moral Essays*）。

第一札　概　述

从宇宙角度论人的本性与状态

论抽象的"人"。一、我们对系统之间及事物之间的关联缺乏认识，判断只能以自身所处系统为依据（始自第17行）。二、不可认为人不完美，只可认为人是一种理当如此的存在，适合于他在造物链条中的位置和层级，从属于万事万物的整体秩序，服务于他自己并不知晓的目的和关联（始自第35行）。三、人现时拥有的一切快乐，一部分有赖于他对未来事件的无知，一部分有赖于他对未来状态的希望（始自第77行）。四、人的错误和苦难，根源在于贪图更多知识、企求更大完美的骄矜。把自己摆到上帝的位置，肆意评判上帝的安排是否妥当、是否完美、是否公允，乃是对上帝的大不敬（始自第113行）。五、把自己标举为上帝创世的终极目的，或是希冀道德世界具备自然世界所不具备的完美特质，皆属荒诞无稽（始自第131行）。六、人一方面希求天使的完美特质，一方面又希求野兽的强健体魄——尽管逾越本分的感觉能力只会使他吃苦受罪——并且为所求不遂抱怨天意，实属毫无道理（始自第173行）。七、纵观整个可见世界，各种生灵的感觉能力和思维能力存在普遍的秩序和等差，由此而来的结果是生灵递相臣属，人为万灵之长。感觉、本能、思想、反思和理性以次递进，其中理性能力一枝独秀，足可抵敌其余一切能力（始自第207行）。八、以人为始点，各种生灵的臣属秩序可向上及向下延伸到何等遥远的所在。所有造物构成一个息息相关的整体，一旦任何一个组分遭到破坏，注定毁灭的便不只是组分本身，而是造物全体（始自第233行）。九、破坏造物秩序的欲求，体现的是放肆、疯狂与骄矜（始自第259行）。一〇、由此可知，无论是在现时状态之下，还是在未来状态之中，人都应当绝对顺从天意（第281行至篇末）。

第一札

醒来吧，我的圣约翰！且将俗务贱役，

留给卑陋的抱负，留给王侯的骄恣。

既然生命的礼物，至多是旦夕朝暮，

只够人匆匆四顾，随后便没入黄土，①

5　那我们不妨纵论，这一幅人类全景；

好一座庞然迷宫！却也有规划经营；

像一处荒蛮野地，杂草与鲜花交错，

又像个种植园圃，以禁果将人诱惑。②

让我们一起敲打，丛莽与旷野地面，

10　看这片广袤山原，有何物出没其间；③

探访那隐秘僻地，探访那夺魄险峰，

---

①　可参看英格兰作家及探险家沃尔特·罗利（Walter Ralegh, 1552?—1618）《世界史》（*History of the World*, 1614）序言中的语句："（人）活在世上的时间如此短暂，以至于他刚刚开始学习，便已经与世长辞。"

②　可参看英格兰大诗人弥尔顿（John Milton, 1608—1674）经典史诗《失乐园》（*Paradise Lost*, 1667）第一卷的头两行："关于人第一次，违逆天命的举动，/ 关于那禁树之果，致命的滋味。"

③　以上两行是用狩猎来打比方。猎人往往用棍棒击打地面及灌木丛，迫使猎物现身。

看众生盲目匍匐，抑或是盲目飞升；

再放眼自然阡陌，将蠢举半空射落，

将各种新兴风习，一个个生擒活捉；①

15　当哂笑不妨哂笑，可宽容尽量宽容，

须阐明上帝安排，对人类至允至公。②

———

首先须得明了，要忖测上帝或人类，

我等岂不只能，以自身所知为依归？

我等对人的认识，限于其现世位分，

20　岂不只能以之为，演绎参照与基准？

虽然说无数世界，无不知上帝圣名，

但我等只能安分，在此世觅祂踪影。

人若有神通广大，能参透无垠浩渺，

能看清宇宙如何，由万千世界构造，

25　能明察系统③与系统，如何交叠碰撞，

———

① 以上两行也是用狩猎来打比方，可参看英格兰作家贾尔斯·雅各布（Giles Jacob，1686—1744）《狩猎大全》（*The Compleat Sportsman*，1718）当中的文字："在禽鸟可能隐匿的地方拉好网子之后，你可以敲打地面，制造噪音，使惊起的禽鸟自投罗网。"

② 弥尔顿曾在《失乐园》第一卷第二六行点明他的创作意图，说他写作此诗是为了"阐明上帝安排，对人类公平合理"。

③ 蒲柏此诗所说的"系统"（system），含义大致与"世界"相当。

明察何许陌生行星，环绕陌生太阳，

明察每一颗星球，有何种生灵存在，

方可知上苍为何，将我们如此安排。

但你们可曾具备，无所不见的慧眼，

30　足以洞烛宇宙中，或显或隐的关联，^①

精密切当的等差，一切位分与纽带？

区区的一个组分，岂能将整体涵盖？

这一根伟大链条^②，联结并支撑万物，

是上帝还是你们，维系这链条永固？

二

35　狂妄自大的人啊！你能否揣知造化，

为何使人如此弱小，如此目盲眼瞎？^③

若能便挑战难题，去猜度造化为何，

没有使人更加盲目，更加渺小虚弱！

---

①　据一些西方注家所说，事物的相互关联在自然世界表现得较为明显，在道德世界表现得较为隐晦。

②　"这一根伟大链条"即西方古人所说的"存在之链"（great chain of being），指世间万物组成的一个等级森严的系统。按大类说，存在之链的链环从高到低依次是上帝、天使、人、动物、植物和矿物。

③　可参看《新约·罗马书》："人哪，你能算得了什么，竟敢顶撞上帝？被造者岂可质问造物者，你为何如此造我？"本书注释所引《圣经》文字，皆以詹姆斯一世钦定版（KJV）为依据。

去求教大地母亲：橡树为何壮又高，

40 有胜于树下那些，受它荫蔽的小草？

或者是举头发问，请银白原野^①解答：

朱庇特卫星为何，不及朱庇特庞大？^②

既然我们都承认，当无限智慧创世，

定然会穷尽可能，甄选出最优模式，

45 系统中存在链条，定然会完整无缺，

万物定然会排成，等次井然的序列；

便能够由此推知，智慧生命的阶梯，

定然会包含一个，对应人类的层级；

所以说长久以来，争吵不休的疑问，

50 实质仅仅是：上帝安错了人的位分？

就人类宿命而言，我们所称的错位，

若是从全局来看，或许也应当是对。

人类的种种机巧，哪怕是费尽辛劳，

---

① "银白原野"原文为"argent fields"。在《失乐园》第三卷当中，弥尔顿也曾用这个短语指代穹苍。

② "朱庇特"原文为"Jove"，等同于"Jupiter"，这个词既可指古罗马神话中的主神朱庇特，也可指以朱庇特命名的木星。木星有许多卫星，其中木卫一、木卫二、木卫三和木卫四是由意大利科学家伽利略（Galileo Galilei, 1564—1642）发现的，这四颗卫星的英文名字都来自受到朱庇特宠幸的凡间男女。

依然是万千施设，难达成一个目标；

55　上帝的一举一动，永远是即刻成功，

既达成当下目的，又兼具其他妙用。

人看似这个系统，唯我独尊的领主，

但或许同时充任，未知系统的僚属，

在推动某个车轮，在趋向某个鹄的；

60　我们只见到局部，绝没有见到全体。①

要等到骄矜骏马，明白它主人为何，

约束它的狂奔，到平原又加鞭驱策；②

要等到蠢笨公牛，明白它为何犁田，

或充当祭典牺牲，或位列埃及神殿；③

65　骄矜蠢笨的人类，才能够彻底了悟，

人为人欲与人生，有什么目的用途，

为何服劳或吃苦，受遏制或受激励，

这一刻沦为奴仆，下一刻比肩神祇。

---

①　可参看《新约·哥林多前书》所载使徒保罗（Paul the Apostle）的教诲："我们现下所知只是局部，先知预言的也只是局部。"

②　蒲柏曾于1728年9月4日写信给终生挚友玛莎·布隆特（Martha Blount，1690—1762），信中讲到他独自乘坐马车旅行的一次经历，然后写道："这次经历使我想到，人虽然趾高气扬地骑乘骏马，实际上却跟这为他腾跃的骏马一样，对自身命运一无所知，既不知自己去往何处，也不知自己为何奔跑。"

③　古埃及人崇奉的神祇之一是圣牛阿皮斯（Apis）。

切莫说人不完美，说上苍安排有误，

70　毋宁说人的完美，恰好在应然程度：

他能得到的知识，配称他地位条件，

他只有一瞬的时间，一个点的空间。①

既然人终将达致，十足完美的境地，

何须论是早是晚，是此世还是彼世？

75　人若是今朝蒙福，同样是圆满具足，

较之千年前蒙福，并没有优劣之殊。

三

上苍掩藏命运之书②，众生欲读无方，

只能从指定单页，去了解各自现况；

禽兽不知人所知，人不知仙灵所知：

80　要不然谁还愿意，在此世敬陪末席？

你大快朵颐的羊羔，注定今日挨刀，

它若有你的理性，难道会欢蹦乱跳？

它到死高高兴兴，享用那鲜花嫩叶，

---

① 可参看法国哲学家及作家拉布鲁耶（Jean de La Bruyère，1645—1696）《论才士或妄人》英译本（*Of the Wits or Libertines*，1713）当中的论述："相较于上帝的永恒存在，万载千年……也只是一瞬间，相较于上帝的无垠浩瀚，整个宇宙也只是一个原子一个点。"

② "命运之书"（book of fate）的说法出自莎士比亚戏剧《亨利四世》（下）第三幕第一场。

还舔舐屠夫之手，当屠夫抬手放血。

85　昧于未来的瞽目！是上苍仁慈赠馈，

好让每一个生灵，皆完成天定轮回；

上帝是万物之主，将万事等量齐观，

无论是麻雀掉落①，或者是英雄遇难，

无论是原子爆裂，或者是系统瓦解，

90　无论是气泡迸散，又或是世界毁灭。

须秉持谦卑希望，借抖颤翅翼奋飞，

静候死亡的开示，不忘将上帝赞美！

未来有何等极乐，祂不容你们参透，

只给予你们希望，作为现时的福佑。

95　希望之泉永不竭，涌流在人的心房，

人从未升上天堂，始终是将上天堂：

归家不得的灵魂②，惶惶然沉沦苦海，

只能在他生来世，觅得安乐与自在。

看！可怜的印第安人，凭借未凿心灵，

100　从云中窥见神明，从风里听闻神明；③

---

①　可参看《新约·马太福音》记载的耶稣训诫："两只麻雀，岂不可卖银钱一分？若你们的父（即上帝）不许，一只也不会掉落下来。"

②　灵魂的"家"是指天国。

③　这一行是说印第安人秉持原始的信仰，把云和风解释为神明的施为。

不曾有骄矜学问，驱使他灵魂远走，

去太阳轨道乱跑，或是去银河浪游；①

但他的纯朴天性，却使他满怀希望，

憧憬那云山之外，某一个简陋天堂；②

105　憧憬那密林深处，某一片平安地域，

憧憬那茫茫海中，某一座吉祥岛屿，

奴隶们到了那里，便重归故园乐土，

那乐土没有恶魔，没有贪婪基督徒！③

终将降临的幸福，使得他意足心满，

110　他不求天使之翼，不求撒拉弗之焰④，

只求在仁爱穹苍，将他接纳的时候，

他那只忠实狗儿，会陪伴在他左右。⑤

---

①　西方一些古人认为善人义士死亡之后，灵魂会升入银河。古罗马哲学家及作家西塞罗（Cicero，前106—前43）著有《论共和国》（De re publica），该书第六卷即有此种说法。

②　可参看法国书商让·伯纳德（Jean Frédéric Bernard，1680—1744）所编《已知世界各族宗教仪式及习俗》（The Religious Ceremonies and Customs of the Several Nations of the Known World，1723—1743）第三卷（英译本刊行于1731年）的记述："巴西土著……信誓旦旦地告诉我们，善人的灵魂会去往高山之外，与他们祖先的灵魂相聚。"

③　这一行后半句是指斥白人殖民者对印第安人的掠夺。

④　撒拉弗（seraph）即炽天使，是基督教神学中等级最高的天使，以火焰为躯体。参见后文及相关注释。

⑤　可参看《已知世界各族宗教仪式及习俗》第三卷的记述："他们（墨西哥土著）会把尸体扔进火堆，连同死者生前使用的一切物品；还会勒死一只狗，让这只狗充当死者的彼世向导。"

四

去吧，尔等人精！以尔等感觉为天平，

去称量尔等见解，与天意孰重孰轻；

115　只管依尔等狂想，说上帝安排差错，

有时候给得太少，有时候给得太多；

照尔等兴致口味，去荼毒鸟兽鱼虫，

高声喊人若不幸，便证明上帝不公；

一旦人未能独占，上苍的悉心护佑，

120　未能独享此世的完美，来世的不朽，

便从祂手中抢去，赏罚的权柄标尺，

好篡改祂的正义，成为**上帝的上帝**！

人之过在于骄矜，在于以理性为傲，

个个都不安本分，一心要冲上云霄。

125　骄矜只知道奢望，跻身那极乐福地，

凡人想成为天使，天使想成为神祇。

假如说天使堕落，是因为觊觎神位，①

---

① 据弥尔顿《失乐园》所说，魔王撒旦原本是最美的天使，但他“宁为地狱之主，不为天国之仆”，于是反叛上帝，堕落成魔。

人的叛逆也因为，希图与天使媲美；①

但凡是心生妄念，想颠倒**秩序**法典，

130 便已经身负罪愆，将永恒天道冒犯。

五

问天体为谁辉煌，问大地为谁广阔，

骄矜将如是回答："一切皆为我而设，

"自然慈母是为我，才施展生生之力，

"以乳汁哺育百草，将百花铺成毯罽；

135 "葡萄玫瑰是为我，才年复一年酝酿，

"馥郁芬芳的玉露，甘甜可口的琼浆；

"丰饶矿脉是为我，才献出万千宝藏；

"万千泉眼是为我，才喷吐疗疾温汤；

"日升为照我前路，海涌为助我航程，

140 "天空是我的华盖，大地是我的脚凳。"②

但若是炽烈骄阳，撒播青紫的死亡，③

---

① 可参看培根《广学论》（*The Advancement of Learning*，1605）第二卷的论述："众人皆知，天使希求上帝的能力，由是僭越堕落……凡人希求上帝的知识，由是僭越堕落。"

② 可参看《旧约·以赛亚书》记载的上帝言语："天是我的宝座，地是我的脚凳。"

③ 西方古人历来认为瘟疫的起因是太阳的热力，到蒲柏时代依然如此。"青紫"指的是瘟疫死者的肤色。

若大地张开巨口，或风暴大逞凶狂，

将城镇变作坟墓，使邦国沉入海底，

此时的自然慈母，可有悖仁善天意？

145　答案是"并非如此，须知全能第一因[①]，

"依整体律法行事，不考虑局部休戚；

"无物可例外豁免，亦无物一成不变；

"何曾有完美造物？"既如此，人岂尽善？

假如说造物目的，首要是人的安乐，

150　则自然确有差池；但人又岂能无过？

这目的不单需要，恒定的雨露阳光，

还需要人的欲求，始终不改弦更张；

不单需要四季如春，永远晴空万里，

还需要人永远节制，永远平静睿智。

155　假如说瘟疫地震，并不与天意相违，

波基亚和喀提林，岂可证天道有亏？[②]

创造雷电的大匠，能掀动古老大洋，

能驱策暴风骤雨，使帝王雄心万丈，

---

① "全能第一因"即上帝。

② 波基亚（Cesare Borgia，1475—1507）为意大利贵族及政客，以残忍诡诈闻名；喀提林（Lucius Sergius Catilina，前108—前62）为古罗马政客，元老院成员，曾阴谋颠覆罗马共和国。以上两行是说，自然世界的灾害也好，人类社会的败类也好，都不能说明上帝的安排出了问题。本节诗意可看本札概述。

　　　　　能差遣年少阿蒙①，来世间教训人类②，

160　　除了这大匠之外，谁能知造化轮回？

　　　　　全都怪骄矜下蛊，使我们头脑糊涂，

　　　　　既歪解自然事物，又歪解道德事物：

　　　　　缘何审判上苍，时而加罪时而赦免？

　　　　　理性以顺服为正道，无论世事变迁。

165　　乍看起来，对我们更好的现世安排，

　　　　　或许是一切和谐，一切与美德合拍；

　　　　　永远也没有风暴，在空中海上逞凶，

　　　　　永远也没有激情，使心灵止水翻涌。

　　　　　但元素冲撞③正是，滋养一切的恩物，

170　　七情六欲也正是，构成生命的元素。

---

　　①　"年少阿蒙"指亚历山大大帝（Alexander the Great，前356—前323）。亚历山大南征北战，建立了庞大的帝国，三十多岁便英年早逝。阿蒙（Ammon）是北非神话中的主神，地位相当于古希腊神话中的宙斯（Zeus）或古罗马神话中的朱庇特。亚历山大曾造访利比亚的阿蒙神谕所，之后便自称"阿蒙之子"。

　　②　"教训人类"的说法，可参看法国作家艾斯普利（Jacques Esprit，1611—1677）《论人类美德的虚浮》英译本（*Discourses on the Deceitfulness of Humane Virtues*，1706）当中的相关论述："此种说法适用于所有的征服者：'……你们是使者，上帝派你们来执行祂赏善罚恶的严厉诏命；你们是武器，上帝用你们来惩罚人类的狂妄反叛……'"

　　③　公元前5世纪的古希腊哲学家恩培多克勒（Empedocles）提出，世界由土（地）、火、水、气（风）四大元素构成，万物生灭的实质是四大元素的聚合与分散。这一学说经过后人的不断发展，对西方文化产生了巨大的影响。

万物创生以来，整体**秩序**从未紊乱，

一直在规制自然，一直在规制人间。

六

人究竟想要什么？一忽儿眼高于顶，

恨自己略逊天使，巴不得与之齐等；①

175 一忽儿眼望下方，同样是满心怨艾，

想拥有牛的力气，想拥有熊的毛皮。

人既然声称众生，全都该供他驱遣，

那他又何必妄想，将众生长处包揽？

自然以合度仁心，向众生颁赐天禀，

180 予它们适当器官，予它们适当本领；

每一种表观短处，都给予相应弥补，

体现为力量等差，或快或慢的速度；②

对应生灵的位分，一切都安排恰好，

增一分则嫌太多，减一分则嫌太少。

185 所有的鸟兽虫鱼，皆可谓各得其所，

难道说上苍偏私，单单对人类刻薄？

---

① 可参看《旧约·诗篇》的语句："你（上帝）使他（人类）只是略逊天使，以荣耀和尊贵为他加冕。"

② 蒲柏原注："生物解剖学包含一条确定不移的公理，亦即生物的力量与速度成反比，力量越是强大，速度便越是缓慢；反过来说，速度越是快捷，力量便越是弱小。"

难道说唯独这种，所谓的理性生物，

　　没得到十全十美，便该当怨言满腹？

　　若是能克制骄矜，便可知人的福运，

190　恰在他行为思想，不超出人的位分；

　　恰在他身体功用，以及他灵魂力量，

　　仅限他所能承当，配称他本性现状。

　　人为何视力有限，眼睛不比显微镜？

　　其缘由显而易见，只因人不是苍蝇。

195　就算有锐敏视觉，但若是只见微粒，

　　不放眼探索穹苍，又能有何种裨益？

　　触觉增强有何益，若周身敏感抖颤，

　　以至于每个毛孔，都饱受痛楚摧残？

　　嗅觉增强有何益，若气味横行大脑，

200　区区的一朵玫瑰，芬芳便把人熏倒？　①

　　假使人听觉增强，能听见天籁巨响，

　　能听见天体运行，奏出的震耳乐章，　②

───────────

　　① 古罗马作家老普林尼（Pliny the Elder，公元 23—公元 79）撰有经典著作《自然史》（Natural History），该书第七卷记述了印度的阿斯托米人（Astomi），说这个种族不食不饮，只靠闻嗅花果香味维持生命；与此同时，"香味一旦比平常浓烈少许，便很容易使他们死于非命"。

　　② 西方古人认为天体的运行会产生和谐的乐声。西塞罗曾在《论共和国》第六卷述及"天体音乐"，并且说这种乐声大得使人耳无法听见，道理跟人眼无法直视太阳一样。

那他又怎可指望，上苍仍让他听见，

和缓西风的低唱，涓涓溪涧的呢喃？①

205　天意的抑扬予夺，都体现纯然睿智，

都体现纯然仁善，这道理谁人不知？

七

造物的漫长阶梯，延伸得迢遥邈远，

感觉与思维能力，一级级逐次增添；

请看这梯级如何，从寄居丰茂平芜，

210　无数的青绿虫豸，攀升到尊贵人族；

看鼹鼠昏蒙瞖障，和猞猁敏锐目力，②

这两个极端之间，视觉的万千层级；

看嗅觉的等次，从蛮勇狮子的迟钝，③

---

　　① 感觉能力并非越强越好的观点，可参看英格兰大哲约翰·洛克（John Locke，1632—1704）《人类理解论》（*An Essay Concerning Human Understanding*，1689）第二卷的论述："假使我们听力增强，哪怕只比原来敏锐一千倍，永恒的噪音将使我们遭受多大的折磨！哪怕置身最幽静的环境，我们也将比置身海战疆场更难入睡、更难思考……能看清大钟机簧的细微组件……却不能同时看清指针和钟盘数字，从远处了解时刻钟点，这样的敏锐视力，给不了主人太大的好处。"

　　② 西方古人认为鼹鼠是瞎的，并且认为猞猁的视力超过其他一切生物。

　　③ 蒲柏原注："非洲沙漠里的狮子，捕猎的方式是这样的：它们夜间出猎，一上来就发出响亮的咆哮，然后倾听猎物奔逃时弄出的动静，追踪猎物靠的是耳朵，而不是鼻子。之所以会有豺狼帮狮子打猎的传说，多半是因为人们留意到了这种猛兽的嗅觉缺陷。"狮子的嗅觉十分发达，豺狼帮狮子打猎的传说是因为豺狼喜欢窥伺狮子捕猎，找机会偷吃狮子的猎物。蒲柏的诗句和注释反映的是当时人们的一种认识。

到猎犬闻草辨味，追踪猎物的灵敏；
215　看听觉的差别，从满布水中的鱼鳖，①
到穿梭春日林间，歌喉婉转的鸟雀；
看蜘蛛精细触觉，是何等绝妙无俦！
它栖身纱线之上，感知每一丝颤抖；
看伶俐蜂儿拥有，何等神奇的灵觉，
220　竟能从毒草之中，提炼疗疾的浆液②；
看猥琐的猪猡、半理性的大象③和你，
各种生灵的本能，是何等参差不齐；
看本能理性之间，界限是何等微细，
两者始终只差一线，始终判若云泥！
225　看记忆和反思，两者何等相得益彰；
何等脆薄的篱墙，隔开感觉与思想；
看中等的生灵，何等渴望跻身人类，
但却永难逾越，这无法逾越的壁垒！
若是没有这许多，划分允当的等次，
230　怎使生灵递相臣属，众生臣属于你？

---

①　当时的人们普遍认为鱼没有听觉。

②　当时的人们认为蜂蜜有治病的功效。

③　当时的人们认为大象具备一定的理性。在塞缪尔·约翰逊的《英语词典》（*A Dictionary of the English Language*，1755）当中，"elephant"（大象）一词的定义是："最大的四足动物。关于它的智力、忠诚、谨慎乃至理解力，已经有许多令人惊异的记载……"

各禀异能的众生，尽被你只手降服，
你的理性岂非，熔一切能力于一炉？

八

请看这片天空，这片海洋，这片大地，
处处是万物萌蘖，处处是蓬勃生机。
235 循序渐进的生命，可上攀何等高处！
可周流何等广远！可下探何等深度！
伟大的存在之链，从上帝开始延伸，
到缥缈仙灵和凡胎，亦即天使和人，
再到兽鸟鱼虫，以至眼睛不能辨识，
240 透镜不能探测之物！从无限降到你，
又从你降到虚无！假如说我们强求，
更优越的位分，次等生灵亦须效尤，
要不然造物序列，必定会出现空缺，
一个梯级破裂，整座阶梯土崩瓦解；
245 若敲掉自然之链，任意的一个链环，
第十或第一万节，其结果都是断链。

既然说万千系统，也这般等次井然，
每一个系统都是，宇宙大观的要件，
可见哪怕一个系统，出现微小乱流，
250 不单会毁灭系统，还毁灭整个宇宙。

使地球失去平衡，飞出它惯常轨道，

行星恒星都脱缰，天空里狂奔乱跑；

使上界执事天使，被扔出所在诸天，^①

生灵与生灵相杀，世界与世界相残；

255　使天庭所有基石，通通往中心坍缩，

使自然瑟瑟战栗，倒向上帝的宝座！

此等可怖变乱，为谁而生？为你而生？

邪恶的虫豸啊！疯狂！骄矜！亵神渎圣！

九

若注定劳苦的手，或注定践土的脚，

260　想占据脑袋之位，这叫人如何是好？

若脑袋眼睛耳朵，不满意听差角色，

拒绝受心智支使，那情形又将如何？

同样荒谬的事情，是任何一个组分，

想成为整体之中，其他组分的替身；

265　同样荒谬的事情，是抱怨任务繁难，

尽管这任务出自，**万物主宰**的决断。

万物都只是组件，整体则宏大无伦，

---

①　按照基督教的传统说法，天使分为若干等级（通常的说法是三级九等，从最高的撒拉弗到最低的普通天使），各司掌不同的天域。

以自然为其躯壳，以上帝为其灵魂；

这灵魂弥满万物，万变却始终如一，[①]

270　在穹苍彰显伟大，在大地同样赫奕，

在日为煦暖熙熙，在风为清凉阵阵，

在星为光华熠熠，在树为花朵纷纷；

祂托身一切生灵，祂散布无远弗届，

永铺展永无间断，永流转永不枯竭；

275　祂唤醒我等灵魂，祂驱动我等皮囊，

祂所造圆满完美，无论发丝或心脏，

祂所造圆满完美，无论是怨苦恶徒，

还是那狂喜天使，赤心如火撒拉弗[②]；

祂不存高低之见，亦不较大小之殊，

280　祂充盈，祂限定，祂联结，祂等齐万物。

一〇

既如此且可缄口，莫挑剔**秩序**差错：

---

①　可参看《新约·哥林多前书》的语句："恩赐原有分别，圣灵却是同一位；职事也有分别，主却是同一位；功用也有分别，上帝却是同一位，在万物中司掌一切。"

②　关于撒拉弗（参见前文注释），可参看意大利神学家托马斯·阿奎那（Thomas Aquinas，1225—1274）《驳异大全》（*Summa Contra Gentiles*）第三卷第八〇章的论述："这些天使名叫'撒拉弗'，意为'炽烈者'或'燃烧者'，因为狂热的爱或欲求……通常以火焰为象征。"撒拉弗的爱和欲求，对象都是上帝。

我们怨尤的物事，成就我们的善果。

须了悟自身休戚：我们的虚弱盲目，

同样是上苍恩赐，只可谓相宜合度。

285　须顺从天意安排，无论在此世他生，

心平气和地领受，承当得起的福庆：

在唯一主宰手中，安度每一个日子，

不管是初生之时，抑或是垂死之际。

所有天然无不是，你认不清的雕琢，

290　所有偶然无不是，你看不见的筹措，

所有矛盾无不是，你参不透的统一，

所有的局部灾殃，皆推动整体福祉：

纵使人骄矜自大，理性常犯错出格，

此理甚明：一切如何，便是该当如何。

第二札　概　述

从个体角度论人的本性与状态

一、人的天职不是窥测上帝，而是探究自身。人的本性高不成低不就；人的能力和弱点（第1至18行）。人力的局限（始自第19行）。二、人有两个动因，即自爱和理性，两者皆属不可或缺（始自第53行）。自爱比理性强大，为何强大（始自第67行）。两个动因服务于相同的目的（始自第81行）。三、激情及其功用（第93至130行）。主导激情及其力量（第131至160行）。主导激情的必要性，在于把人导向各自不同的目标（始自第165行）。它对天意的辅翼之功，在于巩固我们的动因，撑持我们的美德（始自第177行）。四、我们的本性是美德与恶习的混合；两者虽交织错杂，但依旧判然有别；理性的职分（第203至216行）。五、恶习本身何等可憎，我们如何因自欺而身染恶习（始自第217行）。六、尽管如此，我们的激情和瑕疵仍然服务于天意，服务于整体福祉（始自第238行）。各色人等皆有其激情与瑕疵，此种安排何其有益（始自第241行）。激情与瑕疵对社会有何益处（始自第249行）。对个体有何益处（始自第261行）。益处与人生相始终，无论年幼年长，无论境遇如何（始自第271行）。

第二札

一

　　须当认清自己[①]，究诘上帝则属逾分，

　　人适合探究的对象，只能是人本身。

　　上苍把人安排在，不上不下的地峡，[②]

　　赋予我们暗昧的聪明，鄙陋的伟大：

5　我们有太多知识，难与怀疑论为伍，[③]

---

　　① "认清自己"原文为"know thyself"（直译为"认识你自己"），是一句脍炙人口的古希腊格言，不能确知出于何人之口。据古希腊旅行家及地理学家保萨尼亚斯（Pausanias, 110?—180?）所说，古希腊得尔斐（Delphi）太阳神庙的前厅刻有这句格言。这句格言最初的涵义就是人应当撇开无法认知的宇宙，专注于探究社会人生，与我国古人说的"天道远，人道迩"意思相近。

　　② 可参看英格兰诗人亚伯拉罕·库利（Abraham Cowley, 1618—1667）的诗歌《生命与声名》（*Life and Fame*）。诗中把人比喻为"骄矜虚荣的地峡，脆弱得不堪一击，/却在两样永恒事物之间，傲然耸起"。"两样永恒事物"是指天空和海洋。

　　③ 怀疑论派（Sceptics）为古希腊哲学流派，认为真理无法认知，探求只是徒劳，代表人物是古希腊哲学家皮浪（Pyrrho of Elis, 前360?—前270?）。

同时又太过软弱，不及斯多葛狂徒，①

以至于悬空摇摆，想贪求又想恬退，②

不知该自诩神明，还是该自比兽类，

不知该崇尚心灵，还是该偏重肉体，

10 有思维只为犯错，有生命只为待死，

虽然说具备理性，却难免无知浅薄，

或是因想得太少，或是因想得太多，

紊乱的思想激情，交织成混沌迷茫，

永远在自欺自弃，永远在自新自强，

15 天性一半趋向超升，一半趋向堕落，

尊贵为万物君长，却任由万物宰割，

虽独掌真理标尺，判断却无尽差池，

是世界的荣耀，世界的笑柄与谜题！③

---

① 斯多葛（Stoics）为古希腊哲学流派，代表人物是古希腊哲学家芝诺（Zeno of Citium，前334?—前262?）。斯多葛派强调理性和自制，认为"美德即幸福"，拥有美德的人可克制一切情欲，不惧任何逆境厄运。蒲柏显然认为，这样的观点过于狂妄。

② "贪求"指涉伊壁鸠鲁派的观点，该哲学流派由古希腊哲学家伊壁鸠鲁（Epicurus，前341—前270）开创，西方人长期把该派主张误解为享乐主义的代名词。"恬退"指涉斯多葛派的观点。

③ 可参看法国哲学家及自然科学家帕斯卡尔（Blaise Pascal，1623—1662）《宗教及其他问题思想录》1727年英译本（*Thoughts on Religion and Other Curious Subjects*）当中的文字："（人是）天定的万物仲裁，却又是大地上一只弱小虫豸，是了不起的真理司库和卫士，却又是区区一团犹疑混沌，既是宇宙的荣耀，又是宇宙的耻辱。"

神奇生灵啊，去吧！去攀登学问梯级，

20　放手测度大地，称量空气，判明潮汐；

去指导每颗行星，依哪条轨道运转，

订正往古的历法，规定太阳的次躔；①

去吧，与柏拉图一起高翔，直抵九霄②，

寻求终极仁善，终极完满，终极美好；

25　或是追随他门徒，踏入那迷宫乱阵，

将脱离感官世界，称之为效仿真神；③

好比那东方祭司，打旋子晕头转向，

---

① 以上四行指涉意大利科学家托里切利（Torricelli，1608—1647）、意大利裔法国科学家卡西尼（Cassini，1625—1712）、英国科学家波义耳（Robert Boyle，1627—1691）、哈雷（Edmond Halley，1656—1742）、牛顿（Isaac Newton，1642—1727）等人的科学成就，这些人都与蒲柏大致同时。

② 古希腊大哲柏拉图（Plato，前428/427—前348/347）认为，真正的存在是永恒不变的完美"理念"（Idea/Form），世间万物则只是理念的镜像，只是对理念的不完美模仿。后来的一些人认为，柏拉图所说的理念存在于诸天顶层。

③ 上一行当中的"门徒"是指古罗马哲学家萨卡斯（Ammonius Saccas，175—242）及普罗提诺（Plotinus，公元204/205—公元270）等人依据柏拉图学说开创的新柏拉图主义学派（Neoplatonism）。该学派认为灵魂不朽，可望在人死之后回归世界本原（上帝），并可在脱离感官世界的"出神入迷"状态下实现回归。

把脑袋转来转去，为的是模拟太阳。①

去吧，去向永恒智慧传授统辖之法，

30   然后被打回原形，继续做你的傻瓜！

高于我们的生灵，不久前愕然发现，

所有的自然法则，皆已被凡夫看穿；

他们赞叹这俗子，竟能有如此智慧，

不由得展览**牛顿**，像我们展览猿类。②

35   人虽以法则揭示，飞奔彗星的轨迹，③

---

① 参照蒲柏写给友人的一些书信，以上两行指涉的是阿拉伯哲学家及作家伊本·图菲勒（Ibn Tufail, 1105?—1185）所撰哲理小说的主角。据该小说英译本《人类理性的进步：哈伊·伊本·尤德汉生平》（*The Improvement of Human Reason: Exhibited in the Life of Hai Ebn Yokdhan*, 1708）所载，尤德汉认定自己的灵魂与天体同质，立意模仿天体运行，因此"总是疯狂地旋转身体，以至于身体极度劳累……各器官功能趋于衰竭"。除此而外，这两行也可能指涉古希腊毕达哥拉斯学派（Pythagoreanism）的礼拜方式。据古希腊作家普鲁塔克（Plutarch, 46?—120?）《希腊罗马名人传》（*Parallel Lives*）所说，该学派的神庙背西面东，所以礼拜者一边礼拜，一边转动身体，时而面对庙里的神像，时而面对庙门外的东升太阳，如此既可以模仿天体运转，又可以同时礼拜神像和太阳。

② 以上四行是说牛顿成就辉煌，以致天使之类的高等生灵认为他差可跻身天使行列，如同我们为猿类的智力惊叹，认为它们与人类相去不远。可参看公元前6世纪古希腊哲学家赫拉克利特（Heraclitus of Ephesus）的名言："相较于神，最睿智的凡人也只如猿猴一般，从智慧、美和其余一切方面来说都是如此。"

③ 西方古人认为彗星的运行没有规律，但牛顿以数学方法证明，彗星是沿抛物线轨道运行的。

但能否说清自己，一个心念的动止？

人知晓彗星火焰，升起降落的所在，

但可知自身火焰，起灭的来龙去脉？

唉，何足为奇！人类身上的高贵组分，

40　不受阻便可攻克，一门又一门学问：

但当他宏图伟业，仅仅是刚刚肇端，

理性织好的一切，便已被激情拆散。①

所以我们求学，须当以谦卑为指南：

首先要剥去学问，一切的骄矜装扮，

45　剔除虚浮的见解，以及夸饰的词藻，

剔除取巧的怠惰，以及卖弄的招摇；

剔除诡谲的伎俩，炫示智力的诈术，

剔除猎奇的消遣，异想天开的痛苦②；

将恶习催生的虚假艺文，连根拔起，

50　毫不留情地砍削，一切的节外生枝；

如此便不难发现，仅剩的真知灼见，

---

　　① 这一行暗用了荷马史诗《奥德赛》（Odessey）里的典故。诗中说希腊英雄俄底修斯（Odysseus）漂泊在外，许多人趁机追求他的妻子珀涅罗珀（Penelope）。珀涅罗珀不堪其扰，便声称要等织好了公公的尸衣才择偶。但她白天织晚上拆，所以一直织不好。

　　② 可参看《旧约·传道书》当中的语句："因为智慧愈多，烦恼愈多；增加知识，等于增加伤悲。"

烛照往昔泽被后世之物，何其有限！

二

本性中两大主因，支配人一举一动，
自爱具驱策之功，理性具约束之用；
55　我们切不可谬称，二者有善恶之别，
因二者各尽其责，推动或规制一切；
所有美德善举，皆缘二者运转得当，
所有恶习邪行，无非二者运转失常。

自爱是起动发条，使灵魂奋发进取，
60　理性为校准摆轮，将全局牢牢控驭。①
假如说没有自爱，人将会无所事事，
假如说没有理性，人将会盲动不止：
或是像无知草木，枯守在生长之处，
吸养分繁衍后代，一直到凋枯朽腐；
65　或是像喷火流星，无端端划过虚空，
葬送沿途的一切，最终将自身葬送。

人性的驱策动因，理当有力量优势，
皆缘它职任在于，策动驱使与激励。

---

① 以上两行是用钟表机件来打比方。

比较权衡的动因，则长年偃伏安居，

70　　职任不外乎遏阻，再加上思谋劝谕。

　　　自爱比理性强大，因为它只顾当前，

　　　理性则着眼以后，目标比自爱长远；

　　　自爱借现时感受，看见即刻的益处，

　　　理性则瞻望未来，看见后果与归宿。①

75　　成群结伙的诱惑，总是比道理密集，

　　　理性比自爱机警，壮盛却有所不及。

　　　要想使强大自爱，不流于放任无行，

　　　便须当坚持不懈，运用并关注理性：

　　　时时以理性为念，可得习惯与经验，

80　　两者皆增援理性，使自爱俯首就范。

　　　且由得善辩学究，教这对朋友②相斗，

　　　汲汲于离间二者，容不得二者联手，

　　　使尽他们脑子里，一切的草率机灵，

　　　割裂天恩与善德，割裂感性和理性。

85　　学究与呆子相似，为名称争论不已，

---

　　① 可参看培根《广学论》第二卷的论述："情感本身也和理性一样，始终趋利避害，区别在于情感只关注当前，理性则关注未来和前因后果。"

　　② "这对朋友"即自爱和理性。

要么是言不及义，要么是意同语异。①

自爱与理性齐心，渴望同一个目标，

两者都厌恶痛苦，都想将快乐寻找；

只不过自爱贪得，会鲸吞欲求对象，

90 理性则细啜花蜜，不会令花朵损伤：②

我们最大的善德，以及最大的愆邪，

正源自对于快乐，或对或错的理解。

三

不妨将种种激情，统称为自爱形式；

真实或表面利益，将一切激情驱使：

95 但既然种种利益，并不是皆可分享，

理性又要求我们，将自身利益保障，③

则激情虽然自私，只要能谨守正途，

便归入理性麾下，值得受理性眷顾；

激情得理性襄助，便追求高远目标，

---

① 可参看莎士比亚喜剧《威尼斯商人》第三幕第五场的台词："我知道好多傻子……也喜欢搬弄字词，不理会问题实质。"

② 可参看英格兰诗人乔治·赫伯特（George Herbert，1593—1633）诗歌《天意》（*Providence*，1633）当中的句子："蜜蜂为人工作，但却从不损伤，/ 主人的花朵；它做完工作之时，/ 花朵依然美好合用，一如既往，/ 如此它既留住花朵，又酿成蜂蜜。"

③ 可参看《新约·提摩太前书》当中的语句："人若不看顾自身，甚或不看顾自家亲眷，那便是背离正教，其过恶有甚于异教徒。"

100　　以至于境界超升，变身为美德清操。

且由斯多葛哲人，陷身于息惰麻木，

还自诩德行坚固；这坚固好比冻土，

使一切遭受禁制，龟缩在人的心房；①

但心智不可蛰伏，须锻炼方得康强：

105　步步紧逼的风暴，可催促灵魂奋起，

虽难免损伤局部，却利于维系整体。

我们在生命大洋，驾帆船各自航行，

罗盘固然是理性，风力却来自激情；②

不只在无波静水，我们才窥见上帝，

110　疾风与狂野天气，同样是祂的坐骑。③

激情与元素相似，本性是争斗不止，

但若是调和软化，便携手应奉天意：④

---

　①　斯多葛派（参见前文注释）倡导节情制欲，借此达致内心平静，但并不主张消灭情欲，以至于麻木不仁。蒲柏所说是时人对斯多葛派的一种误解。

　②　在蒲柏手稿当中，这一行后面还有两行："无聊乏味的航程！若没有强风吹送，/静静躺卧的罗盘，将何等百无一用！"

　③　《旧约·诗篇》里有上帝"借风的翅膀飞行"和"借风的翅膀行走"的说法。

　④　按照西方古人的说法，土、火、水、气四大元素（参见前文注释）分别对应人身上的黑胆汁、黄胆汁、黏液、血液四种体液（四种体液又分别对应抑郁质、胆汁质、黏液质和多血质四种气质），健康人体和健全人格有赖于四大元素及四种体液的均衡组合。

　　　　节制并利用激情，已然是措置有方；

　　　　但人的固有组分，人岂能使之消亡？

115　　只需借清明理性，常坚守自然正道，

　　　　降服并统合激情，听从上帝的引导。

　　　　爱恋希望和喜悦，无不是快乐随扈，

　　　　仇恨恐惧与悲伤，则构成痛苦家族；

　　　　六情若调配得当，张弛有合理规程，

120　　便能够缔造维系，心智的完美平衡：①

　　　　我们的生命之中，一切色彩与力量，

　　　　都来自苦乐光影，适度的争斗冲撞。

　　　　我们手中或眼前，始终有快乐万千，

　　　　快乐在兑现时消逝，在憧憬中凸显；

125　　把握当下的快乐，追寻将来的快乐，

　　　　是我们身体心灵，全部的功能职责。

　　　　形形色色的快乐，各有其独特魅力，

　　　　不同的对象带来，不同的感官刺激；

　　　　所以说各人感官，既然是强弱各异，

130　　心中燃起的激情，自然也参差不齐；

---

　　①　法兰西大哲笛卡尔（Descartes，1596—1650）著有《灵魂的激情》（*Les Passions de l'âme*，1649）一书，认为一切激情皆具善性，需要避免的仅仅是滥用激情或激情过度。笛卡尔书中列出的六种基本激情是好奇、爱恋、仇恨、欲求、喜悦和悲伤，与蒲柏此处所列有异。

所以说各人皆有，唯一的主导激情，

如亚伦蛇杖[1]一般，将其余激情吞并。

或许人总是会在，第一次呼吸之时，

不知不觉地摄入，死亡的隐伏杀机；

135　　终将索命的疾病，与生命一同登场，

人成长它也成长，人茁壮它也茁壮；[2]

主导激情也如此，随天生体格定型，

与血肉融为一体，成为心智的疾病；

身心之中某一种，攸关生死的体液，

140　　本应当滋养全体，却只向患处流泻。

当心智渐渐开启，功用也日益扩充，

想象便尽情施展，它那种危险神通，

将一切掀动心潮、充塞头脑的事物，

通通倒给这一个，病态膨胀的局部。

145　　这疾病以自然为母，以习惯为乳娘，

---

① 据《旧约·出埃及记》所载，埃及法老曾强迫以色列先知亚伦（Aaron）
与埃及术士斗法，其间众人把各自的手杖扔到地上，所有的手杖都变成了蛇，亚
伦的蛇杖吞掉了余人的蛇杖。

② 蒲柏此处的说法，可参看老普林尼《自然史》第七卷记述的一件事情：
"西顿的安提帕特（Antipater of Sidon，公元前 2 世纪的古希腊诗人）……每年发
一次烧，每次发烧都在他生日当天。他活了很大岁数，最终死于这种疾病。"

才智精力和禀赋，都助它肆虐逞强；

哪怕是理性本身，也让它力量更添，

就好比天庭祥光，使食醋酸上加酸。①

我等愚氓依正道，奉理性女王为主，

150　　却又受软弱女王，某个宠臣②的摆布。

唉！这女王不施援手，又不订立规章，

除了骂我们愚蠢，还能派什么用场？

她教我们自叹顽劣，不教如何补救，

虽可谓指谬专家，却也是无用朋友！

155　　她时或充当辩护士，放弃法官之责，

极力论证，我们或主导激情的选择；

她总是避实击虚，取胜便得意扬扬，

克制激情的成效，仅仅是锄弱扶强；③

正如庸医看见，涓滴体液积成痛风，

---

　　① 培根著有《林木：十个世纪的自然史》(*Sylva Sylvarum: or, A Natural History, in Ten Centuries*, 1627) 一书，其中提到了把葡萄酒放在正午太阳下曝晒的制醋方法。我国也有沿用至今的传统晒醋工艺。

　　② "宠臣"即受到理性纵容的主导激情（心智的疾病）。

　　③ 可参看法国作家拉罗什福科（La Rochefoucauld, 1613—1680)《道德箴言及随想》英译本 (*Moral Maxims and Reflections*, 1694) 第四部分第三一则："理性治愈激情的情形，只能说少之又少；一种激情治愈另一种激情的情形，倒可谓屡见不鲜。实在说来，理性往往与最强的一方共谋合伙……"

160 　便自诩医术高明，将疾病一扫而空。①

　　始终遵循自然之道，实乃不易准则，
　　理性于此虽非向导，仍有警戒之责；
　　它合当改错纠偏，却不应炉灶另起，
　　须善待主导激情，切不可与之为敌。

165 　强于理性的力量，已指出明确方向，
　　并驱使各色人等，为各自目标奔忙；
　　其余激情风向不定，使人东倒西偏，
　　主导激情始终如一，吹向特定海岸，
　　使人或贪图名利，或贪图学问权势，

170 　又或贪图安逸（这往往是最大贪欲），②
　　为之倾注全部生命，甚或付出生命；
　　商贾的奔波劳碌，贤哲的无为清静，
　　僧侣的恭谨谦卑，英豪的纵横睥睨，
　　一切追求无等差，皆可得理性助力。

---

① 痛风是一种十分痛苦的关节疾病。西方古人认为，这种病的病因是变质的体液"滴"到了关节处，"痛风"的英文"gout"即源自拉丁词汇 *gutta*（一滴）。由于痛风症状集中在人的四肢，西方古人还认为痛风可使患者免受其他疾病的折磨，因为这种病使变质的体液齐聚四肢，挽救了身体的其余部分。

② 蒲柏曾在致友人拉尔夫·艾伦（Ralph Allen, 1693—1764）的信中写道："安逸是最大的幸福（我指的是身心两方面的安逸），怠惰却是最大的不幸，无论是心智的怠惰还是身体的怠惰。"

175 　神妙的永恒天意，从您邪导出善德，

　　为各人主导激情，嫁接其最佳准则：

　　人心的善变水银，便如此冶炼成型，

　　美德与天性融合，便坚牢不畏侵凌；

　　太过脆弱的金属，靠硬壳①加强巩固，

180 　身体与心灵联手，为相同目的服务。

　　正如那冥顽果树，不回报园丁栽培，

　　须连接粗蛮砧木，才结出果实累累，

　　最为笃定的美德，亦须借激情抽枝，

　　须仰仗狂野天性，从根部输送活力。

185 　且看乖戾与固执，乃至仇恨和恐惧，

　　催生的才德禾稼，是何等丰盛甘腴！

　　要知道愤怒往往，带来热心与勇毅，

　　哪怕是贪婪怠惰，也助长谨慎哲思；

　　淫欲若精炼提纯，经筛汰去芜存菁，

190 　便成为温柔爱意，可颠倒女性众生；

　　嫉妒使卑陋心灵，受奴役无法自拔，

　　却也使智者勇者，奋起以圣贤为法；

　　无论是男性女性，凡人的一切美德，

---

　　① "硬壳"原文为"dross"，塞缪尔·约翰逊的《英语词典》把这个词解释为"金属上结的硬壳"。

无不受傲慢滋养，抑或受耻辱鞭策。①

195 自然便是如此（愿它遏制我等骄矜），

  赐予各人的美德，皆与其恶习紧邻：

  理性是人的重心，可使人转恶为善，②

  尼禄若愿意悔改，便与提图斯比肩。③

  受相同烈性驱使，喀提林人神共憎，

200 德丘斯光彩无比，克修斯超凡入圣。④

---

 ① 基督教有七大罪（seven deadly sins，直译为"七大致命罪孽"）的传统说法，指的是愤怒、贪婪、怠惰、傲慢、淫欲、嫉妒和暴食。蒲柏在以上八行逐一列举了七大罪（只是把"暴食"换成了"耻辱"），指出这些罪孽（激情）也有其积极作用。

 ② 这一行是用英国人热衷的草地滚球运动（bowls）来打比方。草地滚球的规则大致与冰壶相同，以将球滚到距目标球较近的地方为胜。滚球通常是木头做的，重心（bias）不在球的中心，滚的时候会发生偏转，选手必须手法娴熟，才能把球滚向目标。

 ③ 尼禄（Nero，37—68）为古罗马皇帝，著名暴君；提图斯（Titus Flavius Vespasianus，39—81）亦为古罗马皇帝，著名贤君。

 ④ 喀提林见前文注释；德丘斯即普布利乌斯·德丘斯·穆斯（Publius Decius Mus），古罗马执政官，于公元前340年在对抗外族的战争中阵亡。当时他故意冲入敌阵，以自己的生命换取神明的佑护，帮助罗马人取得了胜利。德丘斯的儿子与父亲同名，也有与父亲一样的事迹；克修斯（Marcus Curtius）为古罗马共和国传奇勇士。据说在公元前362年，罗马发生了地震，致使罗马广场上出现一个巨大的深坑。占卜师说众神要求罗马献出最宝贵的财富，深坑才能合拢。克修斯认为罗马最宝贵的财富是武装和勇气，于是全副武装，骑马跳进深坑，深坑即刻合拢。

相同的勃勃雄心，可毁灭亦可拯救，

能造就爱国义士，也造就奸佞走狗。

四

我们的混沌本性，融合黑暗与光明，

靠什么分开光暗？唯仰赖内心神灵。①

205　对立的自然事物，皆有其适当效用，

人性的明暗两极，也共铸神妙之功，

虽然说两者相争，将彼此疆土侵夺，

好比精巧画幅里，错杂的光影斑驳，

还常常交织混合，使我们无从分辨，

210　美德在何处终结，恶习从哪里肇端。

但若是由此认定，人性无所谓明暗，

无美德亦无恶习，则实属十足愚顽！

虽然说黑白两色，可借由千种安排，

调和软化或融合，岂可谓无黑无白？

215　你只要扪心自问，黑白便分明无比，

假使想混淆黑白，倒需要费时费力。

---

①　这里的"内心神灵"指的是理性。可参看《旧约·创世记》："上帝看光是好的，就把光暗分开了。"

五.

　　恶习乃怪兽一头，面目实无比可怖，

　　任何人一眼看见，必然会恨之入骨；

　　但若是见得太多，看惯它眉眼颧颊，

220　便渐觉尚可容忍，以至于同情接纳。

　　要评判何谓极恶，从没有公认准则，

　　你若问哪里是北，约克会说是推德；

　　苏格兰却会说，北方是奥克尼群岛，

　　格陵兰会说新地，或某个天涯海角。①

225　没有谁愿意承认，自己已恶到极点，

　　总觉得隔壁邻居，比自己走得更远。

　　就连那死有余辜，十足的极恶之人，

　　也从不自知罪孽，或者是从不承认；

　　他们的所作所为，使善人惊恐退避，

230　他们却心如铁石，自以为居仁由义。

---

　　① 推德（Tweed）是英格兰和苏格兰之间的一条河，在英格兰城市约克（York）北边；奥克尼群岛（Orkney Islands，蒲柏诗中用的是旧称 Orcades）在苏格兰本土北边；新地（Novaya Zemlya/ Nova Zembla，蒲柏写为 Zembla）是俄罗斯北部海滨的一个群岛，群岛南端大致位于北纬 70°，格陵兰岛南端大致位于北纬 60°。

六

所有人无一例外，个个都亦邪亦正，

虽鲜有极恶极善，却皆具善恶不等；

恶棍和蠢材也有，阵发的聪明正直，

圣贤也时或堕入，自己鄙夷的境地。①

235　无论走正路邪路，我们都有所保留，

因为美德与恶习，同受自利的左右；②

个体追求的目标，自然是因人而异，

上苍却总览整体，所见乃唯一全局：

天意借巧妙安排，反制蠢举与妄动，

240　使得所有的恶行，不至于流毒无穷；

又使得各色人等，各有其相宜短处，

将羞赧赐予少女，将傲慢赐予老妇，

将畏惧赐予政客，将蛮勇赐予元戎，

将专断赐予君王，将盲从赐予民众；

245　天意还假手虚荣，达成美德的目标，

因虚荣不求实利，只贪图喝彩叫好；

将心智瑕疵缺陷，用作土石和砂浆，

---

①　在蒲柏手稿当中，这一行后面还有两行："律师身上出现美德，并非闻所未闻；/ 美德甚至会沾染，国王或大臣之身。"

②　这一行的意思是，自利之心使人懂得适可而止，为善为恶都不走极端。

借此为人类构筑，喜乐和平与辉煌。

　　上苍使每个个体，彼此间相互依赖，
250　安排下各种角色，主子仆从或友侪，
　　命他们彼此呼告，请对方助力帮忙，
　　直至个体的软弱，铸就全体的坚强。
　　缺陷弱点与激情，始终使所有个体，
　　更加地休戚相关，更加地联结紧密，
255　赐予我们真诚的友谊，深挚的爱情，
　　以及此世生命中，所有的内在喜庆；
　　但又在人生暮年，使我们学会舍弃，
　　它们带来的种种，喜庆爱恋和利益，
　　接受理性的指引，以及衰病的告诫，
260　以乐观面对死亡，与此世夷然作别。①

　　激情使人追名逐利，抑或埋首书堆，
　　无论所求者何，无人肯与他人换位。
　　学者想参透自然，陶醉于探究之乐，
　　傻子则不求甚解，亦不失怡然自得；②

---

①　以上四行是说人会在迟暮之年反躬自省，认识到种种喜乐爱恋皆源自人性瑕疵（"缺陷弱点与激情"），由此便不再眷念尘世，平静面对死亡。
②　可参看《旧约·箴言》的语句："无知者以愚妄为乐。"

265　富豪拥万贯家财，诚可谓得偿所愿，
　　穷人则仰赖天恩，由此也意足心满。①
　　且看盲眼乞儿欢舞，瘸腿乞儿欢唱，
　　呆瓜以英雄自许，疯子以君王自况；
　　饥饿术士和诗人，都领到天大福分，
270　一个为炼金美梦，一个为缪斯女神。

　　人无论境遇如何，各有其奇妙慰抚，
　　骄矜则结交万众，向世人普施甘露；②
　　每一个年龄阶段，皆有其相宜激情，
　　希望则与人长伴，直到人长眠不醒。

275　且看那髫龄稚子，依自然仁慈律法，
　　为拨浪鼓和麦秆，喜孜孜怒绽心花；
　　较比鲜活的玩物，娱乐他青春少年，
　　声音虽响亮些许，实质则同样空幻；
　　绶带嘉德③和黄金，愉悦他成熟年纪，

---

①　可参看《旧约·诗篇》的语句："上帝啊，你的恩惠是为穷苦人预备的。"
②　可参看拉罗什福科《道德箴言及随想》英译本第一部分第三七则："自然已经以无比的睿智，将我们的身体器官安排妥当，好让我们得享快乐，似乎也已以同样的睿智，将骄矜之性赐予我们，好让我们免受自惭形秽的痛苦。"
③　这里的绶带（scarfs）是指军官或高级教士佩戴的饰物，"嘉德"（garters）则是指嘉德骑士（Order of the Garter，英格兰等级最高的骑士勋位）佩戴的饰物。

280　念珠与祷文书册，则是他晚岁玩具；

　　他摆弄此类零碎，乐颠颠一如既往，

　　直至他倦极入眠，这人生闹剧收场！

　　想象也助人为乐，以它的七色光线，

　　渲染出缤纷霞彩，使我们日子美满；①

285　缺失的每种快乐，皆可由希望提供，

　　理智的每个空洞，皆可靠骄矜填充；

　　空中楼阁建得快，真知来不及推倒，

　　永远有喜悦气泡，在傻子杯中欢笑；

　　每一个梦想破灭，另一个总会补上，

290　每一种天赐虚荣，全都会派上用场；

　　甚至是卑劣自爱，也会借神力引领，

　　变身为以己度人、称量疾苦的天平。

　　醒悟吧！快快承认，这一条宽心至理：

　　人虽然愚昧无知，**上帝却贤明睿智**。

------

　　①　可参看培根随笔《论真理》（"Of Truth"）当中的文字："如果从人类头脑中抽走虚荣的看法、虚浮的憧憬、虚妄的评价和随心所欲的想象，以及诸如此类的物事，许多人的头脑就会坍缩成装满愁闷的可怜玩意儿，连他们自己都看不过眼……"

第三札　概　述

从社会角度论人的本性与状态

一、整个宇宙构成一个大社会（始自第7行）。万物被造之因，既非纯为其自身，亦非纯为他物（始自第27行）。动物的互惠互利（始自第49行）。二、一切动物的理性或本能，皆以谋求个体福利为务（始自第79行）。动物的理性或本能，同时也为社会谋利（始自第109行）。三、本能如何推动社会发展（始自第115行）。理性如何使社会取得远为重大的进展（始自第131行）。四、论所谓的自然状态（始自第147行）。理性借本能的引导发明工技（始自第171行），构建社会（始自第179行）。五、政体的起源（始自第199行）。君主制的起源（始自第209行）。宗法政体（始自第215行）。六、正教与善政，皆源自仁爱法则（始自第231行）。迷信与暴政，皆源自恐惧法则（始自第241行）。自爱对社会福祉和公共利益的推动之功（始自第269行）。依原初法则重建正教与善政（始自第283行）。均衡政体（始自第294行）。各色政体与教派，一切政体及教派的真正目标（始自第303行）。

第三札

　　既如此合当虔信：宇宙万物第一因，
　　施为虽千变万化，目标却专精不棼。①
　　人纵然尽享一切，健旺有余的癫狂，
　　傲视群伦的浮华，富甲天下的僭妄，
5　仍必须日夜谨记，这一条伟大真理；
　　讲道或祈祷之时，尤不可顷刻忘失。②

一

　　且放眼周遭世界，看这根爱之链条，
　　将万物连为一体，无论其贱贵卑高。
　　看自然巧妙安排，为仁善天道服务，
10　使每个单一原子，将彼此照应看顾，
　　既牵缠附近原子，又接受对方牵缠，
　　借内因外力驱使，与邻居相拥相伴。

---

　　① 以上两行承接第二札的结论，意思是上帝（"宇宙万物第一因"）以宇宙的整体福祉为唯一目标。

　　② 以上四行是说，人即使拥有极大的健康、荣华或财富，仍不可自诩为天之骄子，须当谨记上苍只关注整体福祉，对万物一视同仁。讲道祈祷之时，尤须对此理念念不忘。

再来看有生万物，虽各具不同形式，

却趋向同一目标，致力于整体福祉。

15　看草木断折死亡，便化作生命资粮，

看生命溶化分解，又催发蓬勃生长：①

所有的殒殁生物，皆滋养其他生物

（我们也渐次受生，又渐次归于尘土），

就好比点点气泡，从造物大洋涌起，

20　在水面旋生旋灭，与大洋重归一体。

世间无悖理异物，一切皆整体组分；

无所不在的真神，维系一切的真神，

使众生环环相扣，联结至大与至小，

使动物为人服役，人也为动物效劳；

25　万物受惠，万物施恩！无物孑孑独立，

这链条永不中断，罔知其始点终极。

愚哉！莫非上帝施为，专为尔等利益，

专为尔等享乐消遣，专为尔等衣食？

祂虽使活泼小鹿，由尔等摆上餐桌，

30　却也为小鹿铺开，草茵茵鲜花朵朵。

---

①　可参看英国政客、哲学家及作家第三世沙夫茨伯里伯爵（Anthony Ashley Cooper, 3rd Earl of Shaftesbury, 1671—1713）对话体论文《道德哲学家》（*The Moralists*, 1711）当中的语句："植物以自身的死亡滋养动物，分解的动物尸体又使得大地肥沃，促成植物世界的复兴。"

百灵鸟高飞欢唱，莫非为愉悦尔等？

是它自身的欣悦，驱使它展翅放声。

朱顶雀①纵情鸣啭，莫非供尔等娱乐？

是它的爱和狂喜，催促它引吭高歌。

35　奔腾跳跃的骏马，任尔等傲然骑跨，

它的欢快与自豪，与主人不相上下。

撒播田间的谷种，难道该尔等独享？

天上禽鸟也会来，领取应得的口粮。②

丰岁金秋的收成，难道该尔等独吞？

40　劳苦功高的耕牛，理当有它的一份。③

猪猡则从不犁田，也不听尔等支使，

它过日子全依靠，万灵之长的苦役。

要知道自然儿女，同分享自然宠眷；

---

① 朱顶雀（linnet, *Linaria cannabina*）为燕雀科赤顶雀属小型鸣禽，在 19
世纪与 20 世纪之交曾成为英国家庭的流行宠物。英格兰诗人华兹华斯（William
Wordsworth，1770—1850）曾说它歌声甜美，蕴含着比书本更多的智慧。

② 以上两行是说，天意使农夫不可能只为自己耕种，总有一些庄稼会成为
雀鸟的食物。

③ 可参看《旧约·申命记》当中的语句："牛在场上踹谷的时候，不可笼住
它的嘴。"

温暖君王的裘衣，原本供熊罴御寒。①

45　人正在吹嘘："看万物如何供我役使！"
　　家鹅便回答："看人类如何为我效力！"②
　　天生我乃为万物，万物非特为我生，
　　人若是不知此理，便与鹅一般愚蒙。

　　即便强大者确可，摆布弱小者命运，
50　即便人确已充任，万灵主脑③与暴君，
　　但自然使人收敛：唯有他具备理智，
　　唯有他扶危济困，急其他生灵所急。
　　试想那猎隼可会，在扑向鸽子之时，
　　赞叹其缤纷羽色，以至于大发悲慈？
55　松鸦可懂得欣赏，昆虫的镀金翅膀？

---

　　① 这一行暗含讽刺。古希腊作家卢西安（Lucian of Samosata, 125?—180?）撰有《德莫纳克斯生平》（*Life of Demonax*），其中说古希腊哲学家德莫纳克斯（Demonax, 70?—170?）看见一个贵族为羊皮裘衣自豪，便对这贵族说："这件衣服的原主是一头羊，原主虽然穿了这件衣服，依然是一头羊。"

　　② 可参看法国作家蒙田（Michel de Montaigne, 1533—1592）《随笔集》（*Essays*, 1580）第二卷第一二篇当中的文字："鹅为何不可如是声言：'宇宙万物皆利于我，大地供我行走，太阳为我照明……我乃自然骄子！岂不见人类将我供养、给我住处、为我服役？他撒种也好，碾谷也好，都是为了我。'"

　　③ 人是唯一一种智慧生物，故有"万灵主脑"之说。

老鹰可懂得倾听，夜莺的美妙歌唱？^①

唯有人眷怀众生，为飞禽备办林子，

为走兽备办草场，为游鱼备办水池；

利益驱使他照应，其他生灵的生活，

60　乐趣为善举添柴，自豪为善举加火：

一位虚荣的恩主，使众生皆得饱足，

让众生与他分享，得天独厚的洪福。

他养成饕餮胃口，拿生命充当食料，

但又帮食料生命，逃脱饥馑与虎豹，

65　更让他终将朵颐的动物，大快朵颐，

使得它生命美满，到被他终结为止；

而它预见不到屠刀，感觉不到痛苦，

就好比那些，穷苍触杀的幸运人物。^②

你们的飨宴食料，曾享用生命飨宴；

---

　　① 西方古人历来认为，唯有人具备感知美的能力。西塞罗曾在《论义务》（*De Officiis*）第一卷当中写道："人是唯一一种懂得追求秩序、礼仪和言行分寸的动物。其他任何动物都无法体察可见世界的美、可爱与和谐。"

　　② 蒲柏原注："几位古人，以及其后的许多东方人，对死于闪电的人敬重有加，视之为上苍眷顾的贤圣。"由此可见，"穷苍触杀"指的是死于闪电。蒲柏的说法不详所自，实际上，古罗马人曾经把雷劈视为天谴，禁止为死于闪电的人举行葬礼。不过，据普鲁塔克《希腊罗马名人传》所载，古希腊人曾经把坟墓被闪电击中看作死者的荣耀。比蒲柏稍早的英格兰诗人霍利戴（Barten Holyday，1593—1661）也曾在其古罗马诗歌译作的注释中说，有一些古罗马人"相信这种尸体（死于闪电者的尸体）不会腐坏，愚蠢地认为死者得到了朱庇特的恩宠"。

70　当你们飨宴告终，你们也难逃大限！

上苍以友爱对待，无知的芸芸众生，
使昧于自身结局，得免于烦恼徒增；
祂使人知晓结局，但附赠远景辉煌，
人虽然不无恐惧，同时又满怀希望。

75　大限既不得而知，威胁便杳不可见，
死亡虽步步迫近，但从不近在眼前。
上苍使万物之灵，常抱持此种心理，
着实是伟大神迹，其福泽长流不息！

二

且不论上苍恩赏，是本能还是理性，

80　众生万类皆得享，宜于自身的天禀，
怀抱着共同目标，各寻求自身美满，
各具备相应能力，使目标得以实现。
动物有完善本能，做向导永无差误，
何须教皇或会议①，为它们指引道路？②

---

① 据一些西方注家所说，这里的"会议"（Council）是讽刺罗马教廷的各种会议，这些会议自称其决定"永无差误"。

② 以上两行是说动物依本能追寻自身幸福，不需要什么额外帮助。在蒲柏手稿当中，这两行之后还有四行："人却往往眩惑于，各色的天开异想，/ 在知见诱导之下，走到错误的方向；/ 软弱得怯于拣择，却总是遽下判断，/ 往往在一瞬之间，决定好感与憎厌。"

85　理性虽神通广大，充其量可称漠然，

　　从来不乐意效劳，要征召才肯助战，

　　我们唤它它才来，来了也常不近身，

　　忠诚老实的本能，却总是主动上阵；

　　本能不射高射低，次次都正中鹄的，

90　理性则准头有限，总难免上下偏移；

　　轻捷本能一出手，幸福便收入囊中，

　　理性却步履沉重，往往是劳而无功。

　　本能可恒常服役，理性则从不长久，

　　本能无失误之时，理性有差谬之忧。

95　既如此我们当知，驱动及判断能力，

　　在人身上是两种，在动物身上合一；①

　　你尽可极力吹嘘，说理性远胜本能，

　　但理性靠人指麾，本能由上帝引领。②

---

　　① 以上两行的意思是，动物只依（融合驱动及判断能力的）本能行事，没有内心冲突，有理性的人类则面临激情（本能）与理性的冲突。

　　② "本能由上帝引领（因此不会像理性那样犯错）"是当时流行的一种传统观点。1711 年 7 月 19 日的伦敦杂志《旁观者》（Spectator）载有蒲柏的友人、英格兰剧作家及诗人艾迪森（Joseph Addison，1672—1719）撰写的一篇文章，文中写道："在我看来……它（动物本能）似乎是天意的直接指导……一位当代哲学家……也发表过同样的意见，只不过言辞更为大胆。他说的是，兽类的灵魂是上帝本身。"

是谁在谆谆教导，森林 ① 原野的种族，

100　避开有毒的草木，挑出相宜的食物？

谁吩咐它们预防，起落潮水与风暴，

在沙子之下藏身 ②，在波涛之上筑巢？ ③

谁驱使蜘蛛编结，一个个同心圆圈，

精准一如迪莫弗 ④，却无须测量计算？

105　谁差遣迁徙鹳鸟 ⑤，闯荡那异域青天，

探索那未知世界，好似哥伦布一般？

谁召集它们谋议，谁拟订它们行程，

---

　① "森林"原文为"wood"，个别英文版本作"flood"（河海）。结合下文来看，似乎"flood"较为合理。据美国文学批评家、蒲柏权威传记作者梅纳德·马克（Maynard Mack，1909—2001）所说，蒲柏自己曾在1736年指出，"wood"为"flood"之误。

　② 翠鸟有在沙质河岸筑巢的习性。

　③ 根据古希腊神话，风神埃俄罗斯（Aeolus）的女儿阿尔库俄涅（Alcyone）因丈夫淹死而悲痛自杀，死后化为一种类似翠鸟的鸟。这种鸟名为"Halcyon"（后人把这个词用作翠鸟科一个属的学名），传说是在海中繁殖，鸟巢漂在水上。每到它的繁殖季节（冬至前后），风神总是会使海面风平浪静，以此保障后裔的安全。

　④ 迪莫弗（Abraham de Moivre，1667—1754）是移居英国的法国数学家，牛顿的好友。

　⑤ "鹳鸟"原文为"stork"，塞缪尔·约翰逊《英语词典》对这个词的定义是："一种以出发时间恒定闻名的候鸟。"《旧约·耶利米书》也说："空中的鹳鸟知道来去的定期。"

谁指引它们道路，谁排定它们队形？ [①]

三

　上帝使每种生灵，本性皆各得其宜，

110　赐予其适当福佑，设定其适当限制；

　但又使万物相依，须互利才得安乐，

　将万物连为一体，以保障整体福泽；

　所以有恒常**秩序**，自创世迄于永远，

　生灵与生灵相系，人与人休戚相关。

115　涵蕴生机的以太 [②]，使生命弥漫穹苍，

　使生命流布大地，使生命充溢海洋，

　无论是何种生命，皆依靠本能引导，

　拨旺其生机之火，壮大其蕃息之苗。

　人以及有生万类，无论其林间徜徉，

120　抑或是天际翱翔，又或是乘潮逐浪，

　个个都懂得自爱，但并非只爱自己，

　两性常相互吸引，一直到合二为一。

---

　① 老普林尼曾在《自然史》第一〇卷当中如是描述鹤的迁徙习性："这种鸟会集体商定出发的时间，然后飞到高处眺望远方，选出一只鸟来领队，并在队尾安排哨兵……靠鸣声保持整齐的队形。"同书同卷还讲到了鹳鸟的习性，与鹤的习性大致相同。

　② 以太（ether）是西方古人说的一种比空气还稀薄澄清的流体，存在于大气之外。一些斯多葛派哲人认为，以太是一切生命的源泉。

天伦之乐不止于，两性的炽烈相拥，

生灵还疼爱子女，使自爱达致三重。①

125 所以说幼兽雏鸟，得父母协力照料，

父亲担保护之责，母亲任哺育之劳；

待父母打发子女，去闯荡大地天空，

本能便戛然而止，关爱也就此告终；

霎时间纽带中断，雌与雄各寻新欢，

130 又一段姻缘开始，又一些子女降诞。

人类的孱弱幼崽，离不了多年关爱，

关爱既旷日持久，纽带便坚牢不坏；

反思与理性携手，使纽带加倍强韧，

既增进个体利益，又增进个体爱心；

135 我们借选择②巩固，我们借同情淬炼，

渐次使每种激情，向相应美德蜕变；③

需索与关爱常新，新习惯不断陶冶，

终可使仁善美德，与天生亲情嫁接。④

---

① 以上四行的意思是自爱有三个层次（爱自身、爱配偶、爱子女），动物的社会性由此肇端。

② 这里的"选择"是指择偶。

③ 可参看第二札相关诗句："激情得理性襄助，便追求高远目标，／以至于境界超升，变身为美德清操。"

④ 可参看第二札相关诗句："正如那冥顽果树，不回报园丁栽培，／须连接粗蛮砧木，才结出果实累累，／最为笃定的美德，亦须借激情抽枝，／须仰仗狂野天性，从根部输送活力。"

婴孩和成年子女，同领受父母爱怜，

140　爱前者发乎天性，爱后者出于习惯；

　　最为年幼的子女，等不到长大成人，

　　便看见生身父母，已然是衰病缠身；

　　孩提时代的回忆，终将迟暮的前景，

　　使子女义不容辞，予父母公平回赠；

145　爱悦感激与希冀，此三者齐心合力，

　　使福泽绵延不止，使家族繁衍不息。

四

　　莫以为**自然状态**，便是人盲目逞狂，

　　此种状态恰恰是，上帝司掌的国邦；①

　　自爱及社群之爱，跟自然同时肇端，

150　亲睦和谐的纽带，使人与万物相连。

　　那时候没有骄矜，也没有浮夸艺文，

　　人与兽并肩同行，同栖居幽美林荫，

　　与它们同桌宴饮，与它们同床憩息，

　　饥不由杀戮得食，寒不由杀戮得衣。

155　万籁交响的林间，是万物共同神殿，

---

　　① 蒲柏此处所说的（文明兴起之前的）"自然状态"，蓝本是西方古人所说的"黄金时代"。举例来说，柏拉图曾在对话录《政治家篇》（*Politicus*）当中提及一个远古时代，那时人受到神的亲自照管，与动物和睦共处，无须耕种即享有充足食物，无国家亦无家庭。

有声的一切生灵，共同将上帝颂赞；

神殿里未曾溅血，未曾有黄金装饰，

清白无邪的祭司，未沾染贪欲杀气；

上苍以仁恻为心，予众生普遍关爱，

160　人虽得管领之权①，却始终宽大为怀。

唉！后来者相较当初，何其大相径庭！

一半人杀生吃肉，做屠夫又做坟茔；②

与自然为仇为敌，全不顾万灵哀呼，

既屠戮其他物种，又出卖自己族属。③

165　殊不知饕餮之欲，总带来报应疾疫，

每个亡魂都孕育，自己的复仇天使；

宰割生灵的鲜血，滋长暴烈的激情，

使人以人为猎物，比猛兽还要凶猛。④

---

　　①　据《旧约·创世记》所说，上帝创世造人之后，便吩咐人"管领海里的鱼，空中的鸟，以及行走大地的一切活物"。

　　②　可参看古罗马大诗人奥维德（Ovid，前48—17/18）在长诗《变形记》（*Metamorphoses*）第一五卷记述的古希腊哲学家毕达哥拉斯（Pythagoras of Samos，前570?—前495?）教诲："噢，试想用内脏填满内脏，/一个生灵拿另一生灵的血肉，养肥其贪婪躯体，/一个活物，以另一活物的生命为食，/是何等可怕的罪行！"

　　③　可参看英格兰诗人约翰·维尔莫特（John Wilmot, 2nd Earl of Rochester, 1647—1680）名诗《针砭理性及人类》（*A Satire against Reason and Mankind*）当中的诗句："禽类吃其他禽类，兽类也相互猎捕，/唯有野蛮的人类，出卖自己的族属。"

　　④　弥尔顿《失乐园》的第一个注家、苏格兰教师帕特里克·休谟（Patrick Hume，生卒年不详）著有《弥尔顿〈失乐园〉注》（*Annotations on Milton's Paradise Lost*，1695）一书，注文中有如下字句："狩猎是一种预备练习，使人提前适应战争的劳苦与暴烈；以屠杀野兽为手段，为屠杀人类做好铺垫。"

看人从自然状态，慢腾腾走向文明！

170   那时候理性低微，不得不抄袭本能；

所以说自然之声，向人类如是开言：

"去吧，去请众生万类，给你指教提点：

"去问那空中飞鸟，丛莽间有何食料，[①]

"去问那地上走兽，原野里有何灵药；[②]

175   "再去向蜜蜂学习，建房造屋的手艺，

"向鼹鼠学习耕犁，向虫豸学习编织；

"向小小的鹦鹉螺，学习航海的本领，

"它抻开薄薄桨叶，便揽住阵阵顺风。[③]

"你还可学习各种，社会组织的形态，

180   "然后再依循理性，将人类社会安排：

---

① 据蒲柏原注所说："水手若是流落荒凉海岸，没有东西可吃，通常会采取一种谨慎的做法，那便是先观察鸟儿都吃些什么果子，然后才大胆尝试同样的食物。"

② 老普林尼《自然史》第八卷讲到了动物引导人类找到的几种药物，其中一例是人们看到中箭的鹿去吃岩爱草（*Origanum dictamnus*），由此发现了这种传说能拔除箭镞的药物。

③ 蒲柏在原注中引用了 2 世纪古罗马诗人奥皮安（Oppian）的说法，称鹦鹉螺螺壳有似船体，常常在海面浮游，会用两根腕足充当桅杆，两根腕足之间的肉膜充当船帆，其余两根腕足充当船桨。"鹦鹉螺"的英文"nautilus"原意是"水手"，来由就是西方古人的这种认识，但西方古人（以及蒲柏此诗）所说的"鹦鹉螺"实际上是纸鹦鹉螺（paper nautilus）。纸鹦鹉螺是章鱼的一类，雌性会用分泌物制造形似螺壳的石灰质卵盒。

　　　　　　"且俯察深藏地底，那些堑壕与都邑，

　　　　　　"再仰观摇曳枝头，一座座空中城市；①

　　　　　　"学习那微小种族，天才与治国之术，

　　　　　　"蚂蚁的共和政体，蜜蜂的君主制度；②

185　　　"看一个种族如何，让全民共享财利，

　　　　　　"无君主亦无政府，社会却井然有序，

　　　　　　"另一个种族虽然，由君主专断统管，

　　　　　　"百姓仍各有其室，各有其家业私产。③

　　　　　　"看何种不变律法，将彼等邦国维系，

190　　　"与命运一般笃定，与自然一般睿智。

　　　　　　"你的理性会编织，更细的无益条文，

　　　　　　"用它的律法之网，将正义缠绕围困，

---

①　以上两行说的分别是蚁穴和蜂巢。

②　西方古人认为蚂蚁的社会奉行民主平等的原则，蜜蜂的社会则是一个由蜂后统辖的王国。英格兰教士及作家托普瑟（Edward Topsell，1572—1625）著有《四足动物及蛇类史》（*The History of Four-Footed Beasts and Serpents*，1658），书中就有"蜜蜂的君主政府、蚂蚁的民主制度"的说法。

③　以上四行所说是西方古人的一种认识，可参看伦敦报纸《守护者》（*The Guardian*，蒲柏曾为此报纸写稿）1713 年 9 月 10 日所刊文章的相关文字："蜜蜂……每一只都拥有单独的蜂巢隔间，蜜也是各自酿各自得，各自照管各自的事情……蚂蚁则与此不同：它们没有任何私有物品；任何一只蚂蚁搬回家的任何一粒谷子，都得存入公共的粮仓。谷子由全体蚂蚁共享，不归它自己所有。"

"使公道太过僵硬，变得与不公一样；①

"对强者总是太弱，对弱者总是太强。②

195　　"但你还是去吧！这样才好凌驾万灵，

"才好让智士英豪，使余人俯首听令，

"凭一些仅靠本能，即可创制的工技，

"被万众推为君主，被万众奉为神祇。"③

五

虔敬的人类听从，伟大自然的教言，

200　　纷纷将城池修筑，纷纷将社会构建；

一个又一个小邦，以相似方式兴起，

仁爱或恐惧推动，使邻邦联为一体。

此土是否有嘉树，果累累格外红艳，

----

①　西塞罗《论义务》第一卷当中有一句影响深远的名言："极度公道等于极度不公。"（Summum jus summa injuria.）这句话的意思是太过拘泥法律条文，反倒有可能背离立法精神，导致极大的不公。

②　据普鲁塔克《希腊罗马名人传》所载，公元前6世纪的古希腊哲学家阿纳卡西斯（Anacharsis）曾如是讽刺意欲立法的古希腊政治家梭伦（Solon，前630？—前560？）："法律不过是蛛网，虽能使无钱无势者落网成擒，却会被有钱有势者撕成碎片。"

③　可参看英格兰政客及作家威廉·坦普尔（William Temple，1628—1699）《论英雄美德》（Of Heroick Virtue）一文的论述："人类历史上那些较为淳朴的时期或世代，各种工技的发明者在一些地方大受崇敬，往往被誉为对人类生活至关紧要或居功至伟的人物。这类人生前荣耀加身，死后又被奉为神祇。"

彼地是否有清溪，水潺潺格外澄湛？

205　凡可借战争强抢，皆可借贸易软求，
　　　去的时候是敌人，回的时候是朋友。
　　　当自然即是律法，当仁爱即是权利，①
　　　亲情与和谐交流，可使人团结紧密。
　　　小邦便如此形成，但尚无君王名分，

210　一直到共同利益，使权力集于一人。
　　　完全是凭借才德，工巧或超群武艺，
　　　或是能造福于民，或是能击退外敌，
　　　君王才得以成为，百姓万民的父亲，
　　　正如那家族长老，靠才德号令子胤。②

六

215　之前是族中耆宿，由自然加冕为王，
　　　在勃兴小邦充任，君主祭司和家长；
　　　他好比天意化身，使民众有所凭依，
　　　以他眼光为律法，以他口齿为神示。
　　　他号令惊异犁沟，向民众献纳食料，

---

①　这一行是说（以血缘关系为基础的）宗法政权具备天然的仁爱，民众无须靠法律来保障自身权利。

②　以上八行说的是邦国从宗法政体过渡到君主政体的过程。末一行隐含的意思是，家族中的长辈必须具备才德，才能使成年的后辈服从自己（未成年的后辈心智还不成熟，理当服从长辈）。

220　教民众驾驭火焰，教民众控制洪涛，

　　　教民众撒网深渊，将水怪捕捞上岸，

　　　或是使空中鹰隼，下地来供人驱遣。①

　　　直至他衰病身死，民众才易俗移风，

　　　把他当凡人哀悼，不再当神祇敬奉，

225　然后又回顾古昔，一辈辈溯源追根，

　　　找到原初的神祇，原初的伟大父亲；

　　　抑或是浅白真理，借古老神话显现，

　　　神祇创世的信仰，由此便代代相传，

　　　人乃知被造之物，有别于造物工师，

230　由朴素理性引领，只跟从唯一神祇。②

　　　当这缕清光尚未，被偏斜才智搅散，③

　　　人一如造他的神，看一切皆是美满，④

---

①　以上四行说的是宗法政权的领袖教民众驯服土、火、水、气四大元素，使之为人类服务。

②　以上八行说的是关于信仰起源的两种设想，一种是人们不断回溯原因，最终认识到因（创世神）的存在，一种是人们借由（记录着原初创世记忆的）"古老神话"认识到创世神的存在。按照诗中的说法，一神论（"只跟从唯一神祇"）是率先兴起的正确观念，多神论是后起的谬误见解。

③　这一行是用棱镜折射分光的现象来打比方，"这缕清光"指的是原始的一神信仰。棱镜折射分光的现象是牛顿于 1666 年发现的，当时还是个新鲜事物，蒲柏诗作《论批评》(*An Essay on Criticism*，1711）也用了棱镜的比喻。

④　可参看《旧约·创世记》当中的语句："上帝审视祂所造万物，看一切皆是甚好。"

他依循快乐路径，向美德迈开大步，

他礼敬一位神明，如礼敬一位慈父。①

235　那时信仰与忠诚，总不过仁爱二字，

因人依自然正道，不承认神授权利②，

亦不存歹念邪心，以至于畏惧神明，

只相信至高仁善，才执掌至高权柄。

那时正教与善政，同样以仁爱为本，

240　前者只是爱上帝，后者也只是爱人。

谁率先向败亡国邦，以及臣服群氓，

灌输荒唐主张，说众人为一人而生，

树立骄狂特例，背离一切自然规条，

妄图将世界颠倒，逆转其运行正道？③

────────────

　　①　在蒲柏手稿当中，这一行后面还有两行："这样的纯朴信仰，在原初林地勃兴，/无论宗教或道德，都只以仁爱为名。"

　　②　"神授权利"指所谓的"神授君权"。16世纪末，英王詹姆斯一世（James I, 1566—1625）在英国首倡"君权神授"的观念，这一观念在1688年的光荣革命（Glorious Revolution）中遭到否定。

　　③　以上四行说的是暴政的起源。可参看英国学者本杰明·乔伊特（Benjamin Jowett, 1817—1893）所译亚里士多德《政治学》（Politics）第五卷第十章的论述："王者的理想是保护……民众免遭欺辱压迫。暴君则……无视一切公共利益，除非它能成全一己之私。暴君以享乐为目标，王者以荣耀为追求……王者的卫士是民众，暴君的卫士则是雇佣兵。"并可参看本札第一部分的诗句"万物受惠，万物施恩！无物孑孑独立"以及"天生我乃为万物，万物非特为我生"。

245　暴君以暴力征服，把征服变成制度；

　　　一直到迷信兴起，使暴君心生畏怖，

　　　先是分暴政之利，继而助暴政之力，

　　　将霸主封为神祇，将臣民贬为奴隶。①

　　　她借电光熊熊之威，雷霆震震之势，

250　赶趁山岳摇撼之时，大地呻吟之机，

　　　教弱者匍匐叩拜，教强者祈求安康，

　　　臣服于无影无形，远超雷电的力量；②

　　　她俯察绽开大地，又仰观爆裂诸天，

　　　见妖魔涌出冥府，见神灵纷纷下凡；

255　见恶徒此地受罚，见善人彼处安身，

　　　以恐惧为她群魔，以妄想为她众神；

　　　众神反复无常、暴烈褊急、不公不义，

　　　所长乃狂怒报复，抑或是骄奢淫逸，

　　　情状如懦夫屠头，心中常有的设想，

260　形象与暴君相似，自可得暴君崇仰。③

---

　　① 以上四行说的是暴君凭借暴力施行暴政，因内心不安而成为迷信的俘虏，后又与迷信狼狈为奸，合力压迫民众。

　　② 以上四行说的是人格化的迷信（"她"）利用自然现象恐吓并蛊惑民众。

　　③ 以上四行可参看英格兰作家以法莲·钱伯斯（Ephraim Chambers, 1680?—1740）《百科全书》（*Cyclopædia, or An Universal Dictionary of Arts and Sciences*）当中关于偶像崇拜的论述："为了开脱自身的罪行，辩白自身的恶习与放纵，人们推立邪恶放浪的罪犯神灵，不公不义、掠夺成性的暴君神灵，贪婪的偷儿神灵，醉酒的神灵，厚颜无耻的神灵，残酷血腥的神灵……"

狂热便取代仁爱，在人间指引道路，

地狱以刻毒为基，天国以骄矜为础。

澄明天宇的穹顶，似乎已不再神圣，①

祭坛便改由石砌，殿堂中弥漫血腥；

265　祭司们宰杀牲口，将鲜活食物品尝，

继而用人类鲜血，涂染那冷酷偶像；②

常挟持天庭雷电，使下界震恐觳觫，

将神明玩弄股掌，驱之为攻敌石弩。

自爱便如此这般，邪术与正道并举，③

270　去追逐个人野心，财欲色欲和权欲；

众人自爱的集合，却成为制约条件，

催生政府和法律，使个人有所收敛。

----

① 以下关于迷信的描写，与本札第四部分关于自然状态下人类信仰的描写（"万籁交响的林间，是万物共同神殿……"）形成鲜明对比，可参看。并可参看英格兰女作家玛丽·查德利（Mary Chudleigh, 1656—1710）随笔《论贪婪》（*Of Avarice*）当中的论述："在异教徒的世界里，盲目的狂热和骄矜的虔诚，以及对地狱的迷信恐惧，驱使人们兴造奢华圣殿，极力装点神龛，并且构筑高耸祭坛，妄图与穹苍的闪亮华盖比肩。"

② 弥尔顿《失乐园》第一卷写到了率先歆享血祭的魔王摩洛（Moloch），说愚民杀死儿童来祭拜摩洛的"冷酷偶像"（grim idol），使摩洛全身涂满"人牲的鲜血和父母的泪水"。

③ 自爱的"邪术"如上一节所述，"正道"见本札第三部分："个个都懂得自爱，但并非只爱自己……"

一人所欲亦为他人所欲，如何是好？

一人之意违逆众人之意，如何是了？

275　人如何保住私藏，防范弱小与强梁，

睡梦中不遭暗盗，醒觉时不遭明抢？

个人自由须受限，方可有个人安全，

得众人协力捍卫，个人才各遂其愿。

所以人迫于无奈，借美德以求自保，

280　就连君王也学会，践行仁慈与公道；

自爱于此时易辙，将原有路线舍弃，

从公共利益之中，寻找到私人利益。

于是有精勤头脑，抑或是博大心胸，

真正的上帝信徒，抑或是人类良朋，

285　诗人或爱国志士，为恢复大业奋起，

想找回自然所赐，曾有的信仰道义；

重燃那远古光焰，却不是另点灯火，

纵不肖上帝形象，终有祂依稀轮廓；①

教谕民众与君主，权力当如何运使，

---

　　① 《旧约·创世记》说上帝依自身形象造人。以上六行是说仁人志士力图恢复自然状态下的淳朴信仰与道义（重铸正教与善政），即便不能尽善尽美，总可以得其神髓。

290　权力的脆弱丝弦，勿紧绷亦勿松弛，①

　　　无论是大弦小弦，皆须当调校精准，

　　　务必使一弦鸣响，便引发众弦共振，

　　　一直到各方利益，从冲突走向一致，

　　　汇成那优美和声，措置均衡的政体。②

295　借由秩序与团结，和万物共同意愿，

　　　谱就的世界谐律，是何等伟大完满！

　　　卑微者与弱小者，须服务无须受苦，

　　　显赫者与强大者，能保护不能欺辱，

　　　事物越位高权重，便越是依赖他物，

300　越是能造福万众，便越是受恩蒙福，

　　　无论是人兽天使，无论是王侯仆从，

　　　皆奔赴同一终点，向同一中心聚拢。

---

①　可参看培根随笔《论君道》（*Of Empire*）的论述："现在来说说君道的平衡，真正的平衡难成易毁，因为守中取衡的手段与参差失衡的手段都涉及种种矛盾。然而，调和矛盾以求整体平衡，毕竟不同于任由矛盾交替出现。从这方面来说，阿波罗尼乌斯（Apollonius of Tyana，公元15?—公元100?，罗马时代的希腊哲学家）给斯帕先（Vespasian，公元9—公元79，罗马皇帝）的回答可谓富于教益。维斯帕先问他，'尼禄为何败亡?'他回答说，'尼禄善于调琴作乐，治国之弦却时而拧得太紧，时而放得太松。'"

②　可参看西塞罗《论共和国》第二卷的论述："无论是弦乐、管乐还是合唱，都需要让各种不同的声音达致某种和谐……组织合理的政府也是如此，能够把高、中、低各个阶层融成一个和谐的整体，如同由各种声音汇成的旋律。"

且由得愚人争辩，各政体孰高孰低，

　　　但凡是管理最善，便可称最善政体；①

305　且由得狂热奸宄，为宗派大打出手，

　　　人但凡行为端正，必不致信仰乖谬。

　　　说到信仰与希望，世间总各有是非，

　　　但人类无分彼此，皆以仁爱为依归；②

　　　阻挠此至大目标，必定是虚假信徒，

310　但凡能惠人济众，自然与上帝同路。

　　　人好比丰产藤蔓，可滋养生命万千，

　　　他所拥抱的外物，是他的力量源泉。③

　　　正如一颗颗行星，绕自身枢轴转动，

　　　同时又环绕恒星，一圈圈划过太空，

315　人的灵魂也一样，受两种恒动驱遣，

---

　　①　据梅纳德·马克等人所说，蒲柏曾如是解说以上两行的含义："这几行诗的作者（蒲柏自指），绝不是说政体本身没有高下之分（比如说，混合君主政体或说有限君主政体，显然优于君主专制政体），而是说政体本身再怎么完善，再怎么优越，如果缺少公平正直的管理，仍然不足以保障民众的幸福。恰恰相反，最优越的政体若是管理腐败，以至于徒具形式，便蜕变为一种极度危险的事物。"

　　②　可参看《新约·哥林多前书》当中的语句："今有三者长存，曰信，曰望，曰爱；三者以爱为尊。"

　　③　葡萄藤蔓和榆树之间的爱和姻缘是西方文学的一个传统题材。按照奥维德《变形记》第一四卷的说法，柔弱的葡萄藤蔓可以借榆树获得支撑，无果的榆树则可以借攀缘藤蔓的累累果实赢得人们的赞赏。

一种只考虑自身，一种以全体为念。

上帝和自然协力，将万物连为整体，
自爱与社群之爱，依天意合二为一。

第四札 概 述

从幸福角度论人的本性与状态

一、批驳哲学层面及大众层面的虚假幸福观（第 19 至第 76 行）。二、幸福是所有人共同目标，所有人皆能达致（始自第 29 行）。上帝的意愿是幸福均等，均等的幸福必然是社会性的，因为个体福祉皆依赖整体福祉，也因为上帝依整体而非个别律法管领世界（始自第 35 行）。为维护秩序、社会安宁及福利起见，身外之物不应平均分配，幸福亦不由身外之物构成（始自第 49 行）。尽管分配不均，天意仍借由希望和恐惧两种激情，使人间的幸福保持均衡（始自第 67 行）。三、就此世现状而言，个体幸福如何界定。由此可见，善人更容易得到幸福（始自第 77 行）。把仅由自然或时运造成的恶果归咎于美德，实属谬误见解（始自第 93 行）。四、期望上帝为个体福祉更改祂的整体律法，实属愚不可及（始自第 111 行）。五、我们无权评判谁是善人，但善人总归是最幸福的人（始自第 131 行）。六、身外之物并不是真正的奖赏，往往与美德格格不入，甚或毁灭美德（始自第 167 行）。缺少美德支撑，身外之物不能给任何人带来幸福，比如说财富（始自第 185 行）、荣耀（始自第 193 行）、贵族身份（始自第 205 行）、伟大事功（始自第

217行）、声名（始自第 237 行）、超卓才智（始自第 259 行）。人类不幸的几帧画像，画中人无不拥有前述种种（始自第 269 行）。七、美德本身就是一种幸福，因为它志存高远，前景无穷（始自第 309 行）。若要使美德及幸福达致完满，人须当与此世的天定秩序保持一致，无论此世彼世，皆须顺服天意安排（始自第 327 行）。

第四札

一

幸福啊！人生在世，以你为鹄的目标！

利益、乐趣、安逸、满足，任你以何为号！

你总是促使我们，发出永恒的叹息，

我们愿为你偷生，愿为你毅然赴死。

5 你始终近在咫尺，却始终杳若晨景，

贤愚皆看你不清，或无形又或重影。①

天庭里的奇花啊！倘若你从空而降，

要何种凡间土壤，你才肯屈尊生长？

你可会踏足宫廷，借祥光绽放美丽，

10 可会去火炽矿山②，随钻石深埋地底？

---

① 这一行是说人很难认清幸福，无论贤愚都可能漠视一些本可带来幸福的事物，或者是夸大一些事物带来的幸福。

② 蒲柏之所以说到"火炽矿山"（flaming mine），是因为西方古人认为，矿物与植物略有相似，也是太阳热力催发的结果。弥尔顿《失乐园》第三卷说太阳是"原初的炼金术士"，以其光热混合大地的湿气，使地下生出各种宝石。

可会化藤蔓编织，帕纳索斯^①的桂冠，

可会成为战场上，钢刀收割的禾穳？^②

你长于何方？——何方不长？——若劳而不获，

只可怪栽培无方，不可怪土壤瘠薄；

15　完美无瑕的幸福，从不会原地徘徊，

有时它无处可寻，有时它无所不在；

它永远无法购买，永远是一文不费，

圣约翰^③啊！它远避君王，却与你相随。

问学者幸福之道？学者们盲目无知，

20　这个说应该服务，那个说应该遁世；

有的说力行是福，有的说闲适是福，

一些说在于享乐，一些说在于知足；

有的人沦为兽类，却发现乐极生悲，

有的人僭称神明，说美德也是虚伪；

25　还有的懒于思考，把极端奉为要诀，

---

①　帕纳索斯（Parnassus）为希腊名山，在古希腊神话中是酒神狄俄尼索斯（Dionysus）和太阳神及文艺之神阿波罗（Apollo）的圣山，还是文艺女神缪斯的居所。

②　穳（cuán）：禾捆。以上四行的意思是，王权、财富、文才和武功能不能带来幸福？

③　"圣约翰"即本书题献对象布林布鲁克勋爵（参见前文注释）。

要么是相信一切，要么是质疑一切。^①

谁能把幸福之义，阐发得略显清楚，
不再如前人这般，说"幸福就是幸福"？

二

须遵循自然之道，莫理会疯癫见解，

30　幸福常可知可致，贵贱贤愚皆无别。^②
其利益近在眼前，并不在海角天边，
只需要思维正确，再加上宅心良善；
无论我们将如何，为各人份额哀鸣，
普通理性总一般，普通安适亦相等。^③

---

①　以上八行指涉斯多葛派、伊壁鸠鲁派、怀疑论等哲学流派，可参看前文相关诗句及注释。

②　可参看古罗马政治家、剧作家及斯多葛派哲学家塞涅卡（Seneca，前4?—公元65）在书信中引用的伊壁鸠鲁名言："你若依自然之道生活，便永无穷乏之时，但若依他人见解生活，便永无富足之日。"

③　关于"普通理性"，可参看笛卡尔名言："人间一切事物之中，分配最公平的莫过于判断力，因为每个人都觉得自己很有判断力……"关于"普通安适"，可参看蒲柏在人生末期致友人拉尔夫·艾伦的书信片段："我不觉痛苦。我的病无药可治（蒲柏一辈子受困于少时染上的重病）；鉴于它不见好转，假以时日必将造成痛苦，继而终结我的生命。这一切有什么好说的呢？就算我什么病也没有，生命也会自动终结，延续太久的生命，本身就是一种痛苦。由此可见天意公平，即便在健康和疾病方面也是如此，虽然这两种情形，乍一看截然对立。"

35　人须当时刻谨记，"普遍全能第一因，

　　"依整体律法行事，不考虑局部休戚。"①

　　祂使得我们所称，名副其实的福庆，

　　不系于个体之利，而系于整体之幸。

　　个人能有的福祉，无不以各种方式，

40　向同类探身倾侧，聆听同类的赞誉。②

　　何等骄狂的暴君，何等凶悍的匪徒，

　　何等孤僻的隐士，都不能块然自足；

　　哪怕你自称厌世，将人类视若寇仇，

　　也需要吸引拥趸，或者是结交朋友。③

45　若剔除他人所感，若剔除他人所想，

　　一切享受皆失色，一切荣耀皆无光。

　　人皆有分内之乐，但若是更有贪图，

---

①　以上两行引号中的内容是由第三札里的半行诗句和第一札里的一行诗句组合而成。

②　英格兰诗人约翰·多恩（John Donne，1572—1631）写有给妻子的短诗《告别辞：不必哀伤》（*A Valediction: Forbidding Mourning*，1611/1612），诗中把一对爱侣比喻为圆规的两只脚，其中一只固定在圆心："它虽在中心端坐不离，/ 但当另一只远游在外，/ 却会探身倾侧，聆听对方的消息，/ 直至对方归家，才恢复直立状态。"

③　可参看西塞罗《论友谊》（*De Amicitia*）当中的论述："一个人尽可以乖戾孤僻，以至于对人际交往深恶痛绝，像我们听说过的雅典人泰门那样。然而，哪怕是他这样的人，终归也得找个人来充当听众，以便倾倒他满肚子的怨恨毒汁。"泰门（Timon）是古希腊时代的雅典居民，因饱尝世态炎凉而仇视人类。

将发现营营所得，抵不了一半劳苦。①

依上苍所颁律法，**秩序**为第一要义，
50　所以说理当有人，比众人更有权势，
更有财富和智慧；但若是由此推定，
此等人更为幸福，则可谓荒唐透顶。
所有人幸福相等，份额无多寡之分，
才可说上苍公正，待人类一视同仁；
55　但人类所享幸福，借相互依存维系，
自然的和谐安宁，皆有赖自然差异。
外在条件与境遇，不足为衡量标准，
人与人幸福均齐，无论是为臣为君，
无论是护卫他人，抑或是受人护卫，
60　无论是施惠他人，抑或是受人之惠；
上苍是芸芸众生，共有共享的灵魂，
以同等福泽浸润，整体中每个组分。②
但若是时运所赠，也这般划一均等，
所有人平起平坐，岂能不相斗相争？

---

　　① 在蒲柏手稿当中，这一行后面还有两行："劫掠他人之乐，等于减损自身之乐，/若突破合理界限，快乐将悉数湮没。"

　　② 以上两行可参看第一札当中的诗句："万物都只是组件，整体则宏大无伦，/以自然为其躯壳，以上帝为其灵魂；这灵魂弥满万物，万变却始终如一……"

65　既如此上帝若然，以全体幸福为务，

　　必定不会将幸福，寄寓于身外之物。①

　　时运给人的礼物，尽可以厚薄不均，

　　一些人号为幸运，一些人号为悖运；

　　上苍的公道平衡，于此时依然昭彰，

70　幸运者常怀恐惧，悖运者常怀希望：

　　真正的喜悦痛苦，不在于现下遭际，

　　而在于人对未来，或好或坏的预期。

　　大地的子嗣啊！莫非尔等永不放弃，②

　　永远要山上叠山，好砌筑登天梯级？

75　但上苍只会笑看，这一番无用劳苦，

　　把疯子垒的山堆，变成疯子的坟墓。③

---

　　①　在蒲柏手稿当中，这一行后面还有六行："长留不去的物事，唯有内心的平和，/其余的一切得失，由时运胡乱发落。/人世间诸般快乐，皆可被意外埋葬，/美德带来的快乐，却是当下的奖赏，/越面对艰难考验，越显出奇效神功，/越遭遇挫折困苦，越使人受用无穷。"

　　②　以下四行讽刺人的贪婪，暗用了古希腊神话的典故。神话说大地女神该亚（Gaia）所生的泰坦巨人族（Titans）曾武力反抗主神宙斯，以失败告终。其间，一些泰坦巨人曾把一些山岳堆叠起来，以图攻打天庭，最后被埋在了山堆下面。

　　③　可参看蒲柏致友人、英格兰作家阿特伯里（Francis Atterbury，1663—1732）书信中的语句："在我看来，上帝惩罚贪婪者的时候，用的正是祂惩罚罪人的常用方法，亦即以彼之道还施彼身，用他们自身的罪孽惩罚他们：贪婪是贪婪者的罪孽，最终也会成为贪婪者的惩罚与祸灾。"

三

要知道人类个体，觅得的一切利益，

上帝和自然赐予，区区凡夫的福祉，

感官的一切愉悦，理性的一切欣喜，

80　以三词便可尽之，健康、安宁和自给。

然则人唯有节制，才可望身心健康；

至于安宁，美德啊！安宁全赖你恩赏。

无论善人与恶人，皆可获时运赠馈，

但手段愈是卑劣，所获便愈是无味。

85　试想在求取利益，或追寻乐趣之时，

走邪路和行正道，哪种是危险方式？

恶行和美德两者，无论其幸与不幸，

哪一个遭人唾弃，哪一个引人同情？

恶行换得的一切，风光堂皇的好处，

90　都只是美德鄙夷，避之不及的赘物；

恶人纵然能博取，他们的种种乐趣，

但终究无法赢得，善良正直的美誉。①

---

① 以上两行可参看英格兰神学家希西家·伯顿（Hezekiah Burton，1632—1681）在《杂论集》（*Several Discourses*，1684）当中的论述："人若是贪婪骄矜、不公不仁，世上的全部财富也不能为他买来美名。他尽可……自夸自得，但人们不会给他好评，也不会（我敢肯定）对他产生好感。"在蒲柏手稿当中，末一行后面还有两行："头脑清醒的道德家，须当如是断言：恶人不可能幸福，只可能豪富通显。"

若以为作恶得乐，美德只带来祸事，

着实是昧于真理，全不知上帝大计！

95　越是能看清大计，越是能遵行不悖，

便越能洞见天恩，越是有福运相随。

但傻子却把意外，人皆难免的灾祸，

说成善人的报应，说成行善的结果。

看贤良公正君子，**福克兰**英年遇害！①

100　神一般的**蒂雷纳**，到头来匍匐尘埃！②

西德尼沥血沙场，殒身于无眼刀兵！③

这到底该怪美德，还是怪轻忽性命？

可哀的**迪格比**④啊！难道你死于美德？

---

① 福克兰（Lucius Cary, 2nd Viscount Falkland, 1610?—1643）为英格兰
作家及政客，在英格兰内战中阵亡。同时代英格兰政客及历史学家爱德华·海德
（Edward Hyde, 1st Earl of Clarendon, 1609—1674）曾说，单单是因为造成了福
克兰的死亡，这场内战就"应该遭受永世的诅咒"。

② 蒂雷纳（Henri de La Tour d'Auvergne, vicomte de Turenne, 1611—1675）
为法军名将，史上仅有的六个获得"法兰西大元帅"军阶的将领之一，在法荷战
争中阵亡。蒂雷纳富于韬略，战绩彪炳，并且爱兵如子。

③ 西德尼（Sir Philip Sidney, 1554—1586）为英格兰诗人、朝臣及军人，
在荷兰战场上伤重身亡。西德尼是时人心目中的绅士典范，临死时仍在作诗，并
且把自己的饮水让给另一名伤员。福克兰、蒂雷纳和西德尼都死于相对次要的小
战役，而不是决定性的大战，可以算某种意外。

④ "迪格比"即罗伯特·迪格比（Robert Digby, 1692?—1726），英年早逝
的英国政客，蒲柏的友人。迪格比的墓志铭出自蒲柏的手笔，其中称迪格比为
"无瑕青春""谦卑智慧"和"温良正派"的"美好典范"。

虽上苍赐人美德，从未比赐你更多。

105　告诉我，如果说儿子是因美德凋残，

　　　父亲却为何健在，兼得硕德与高年？①

　　　当自然染上瘟疫，当阵风吹送死亡，

　　　马赛的仁善主教，为何能神清气爽？②

　　　上苍为何将长寿（若人寿可称为"长"），

110　赏赐给穷人和我，共有的一位高堂？③

四

　　　是什么造成种种，天灾及道德之恶？

　　　前者因自然偏差，后者因人心舛错。

　　　若明鉴便可认清，上帝无降祸之时，

　　　也可说局部灾殃，服务于整体福祉，

115　还可说诸般邪恶，源于自然与变迁，

---

　　　①　罗伯特·迪格比的父亲、英国贵族及政客威廉·迪格比（William Digby, 5th Baron Digby, 1661—1752）得享高寿，此诗发表时（1734年）依然在世。

　　　②　"马赛的仁善主教"即法国教士贝尔桑斯（de Belsunce, 1671—1755），1709年获任马赛主教。1720至1721年马赛大疫期间，城中显贵纷纷逃离，贝尔桑斯则与百姓共患难，亲身疗治并赈济百姓的疾苦，由是赢得"仁善主教"（good bishop）的美名。当时的人们认为瘟疫是由瘴气传播，诗中故有"阵风吹送死亡"之说。

　　　③　蒲柏对母亲十分孝顺，以上两行是他对母亲的赞美。蒲柏的母亲伊迪斯·蒲柏（Edith Pope, 1642—1733）享年九十一岁，此诗完成时刚刚去世。

本来是短暂稀少，却被人推波助澜。①

我们若怪责上苍，不该使善人亚伯，

丧命于该隐之手，便可谓愚陋浅薄，②

一如那贤良子嗣，怨上苍不仁不义，

120　以致他淫乱父亲，传给他致命恶疾。③

岂可说永恒始因，与柔懦君王相仿，

乐于为宠臣近幸，颠倒祂律法规章？

难道埃特纳火山，会依照哲人意愿，

停止它咆哮嘶吼，收回它熊熊烈焰？④

---

　　①　在蒲柏手稿当中，这一行后面还有两行："自世界创生以来，一切的灾害邪僻，／真正的祸乱根源，是人而不是上帝。"

　　②　据《旧约·创世记》所载，人类始祖亚当夏娃的长子该隐（Cain）因嫉妒而杀死了弟弟亚伯（Abel）。该隐是第一个自然降生（非由上帝所造）的人，并且是第一个凶手。西方一些古人把该隐认定为邪恶、暴力或贪婪的始作俑者。

　　③　"致命恶疾"指梅毒，这种疾病可由母婴传播，在蒲柏的时代无药可治。以上两行隐含的意思是，作恶者的子嗣理当为父辈的恶行受罚，可参看《旧约·出埃及记》记载的上帝训诫："憎恨我者，我必令彼等父债子还，直至三代四代。"

　　④　埃特纳（Etna）是意大利西西里岛上的一座活火山，据说是古希腊哲学家恩培多克勒（参见前文注释）的葬身之地，一种说法是他意外掉进了火山口，另一种说法是他主动跳进了火山口。蒲柏原本把以上两行写作："倘若伟人普林尼，起意探索维苏威，／难道这咆哮火山，会把它烈焰收回？"维苏威（Vesuvius）也是意大利的一座活火山，曾于公元 79 年发生大爆发，喷出的毒气使《自然史》作者老普林尼（参见前文注释）窒息而死。

125　　纯良君子贝瑟啊！难道大气和海洋，

　　　　会改变运动方式，好安抚你的胸腔？①

　　　　当山岩崩裂解体，从高处颤颤滚落，

　　　　重力难道会消失，若是你②刚好路过？

　　　　当某座古老教堂，晃悠悠梁塌柱摇，

130　　难道会强撑危墙，等恰垂来了才倒？③

五

　　　　但此世始终难免，使恶棍得意逍遥，

　　　　使我们怨愤不满。应否有更好世道？

　　　　既如此理当存在，义人专享的福地，

　　　　但首先须有共识，哪些人可称仁义。

---

　　① 贝瑟（Hugh Bethel，1689—1747），英格兰政客及乡绅，蒲柏的亲密友人。贝瑟患有哮喘，曾在意大利旅行，途中有可能因"大气和海洋"的"运动方式"而身体不适。蒲柏曾在给贝瑟的信中说："这首诗（《论人》）当中只有一行可能会冒犯你，但我决不会改动或删去……因为可怜的诗人别无所长，只能以这种方式来表彰他无法企及的美德。"

　　② 这一行里的"你"是指本书题献对象布林布鲁克勋爵。

　　③ 恰垂（Francis Chartres，1675—1732）为苏格兰军人及赌徒，蒲柏时代的著名恶棍，曾因强奸女仆被判死刑，后通过行贿获得英王赦免。此诗发表之时，恰垂刚去世不久。以上两行可参看罗马时代希腊教士及历史学家尤西比乌斯（Eusebius of Caesarea，260/265—339/340）《教会史》（*Ecclesiastical History*）第四卷记载的一则逸事，说传道者约翰（John the Evangelist）去浴室洗澡，正好撞见异端分子瑟伦萨斯（Cerinthus），于是高声招呼众人："大家快跑，这浴室恐怕要垮啊，因为真理的敌人瑟伦萨斯在里面！"

135   善人确实当得起，上帝的殊遇鸿恩，

　　　　　但除了上帝之外，谁能知善者何人？

　　　　　有人认为加尔文，不啻于圣灵附体，

　　　　　也有人把他视作，地狱魔王的棋子；①

　　　　　无论加尔文所得，是天恩还是天谴，

140   都会使人们对天道有无，各生歧见。

　　　　　动摇局部的事物，可巩固其余局部，

　　　　　同一系统的组分，终不能一概蒙福。

　　　　　最为明哲的人们，也总是判断相左，

　　　　　你说的美德之福，我说是美德之祸。②

145   "一切如何，便是**该当如何**。"③ 如此尘世，

　　　　　诚然为恺撒而设④，但也适合提图斯：

　　　　　二人孰为有福？是钳制国邦的悍将，

----

① 加尔文（John Calvin，1509—1564）为法裔瑞士宗教改革家，新教加尔
文派的创始人。加尔文的学说在当时引发了很大的争议。

② 以上两行的意思是，最明哲的人们也会对同一件事情产生不同的看法。
你认为此事意味着（你心目中的）美德得到了福报，我却认为此事意味着（我心
目中的）美德招来了灾祸。

③ 引文出自第一札的最后一行。

④ 可参看艾迪森（参见前文注释）名剧《加图》（Cato，1712）第五幕第
一场的台词："这世界是为恺撒而设。"

还是为荒废时日，喟然叹息的贤王？^①

你会说："但往往美德饥馁，恶行饫饱。"

150　纵饥馁又如何？美德奖赏岂是面包？^②

面包乃劳役工价，恶行也有份领受；

恶棍配得上面包，只要他力耕田畴，

恶棍配得上面包，只要他冒险远航，

挟蛮勇效命君王，或潜水探取宝藏。

155　善人亦难免孱弱，亦难免生性疏懒，

该得的不是丰裕，仅仅是意足心满。

但若他侥幸致富，你能否不再奢望？

"不能——善人岂可缺少权柄，缺少健康？"

那就加上这两样，和尘世一切利禄；

160　"为何他权柄有限，为臣庶不为君主？"

你甚至抱怨：内在为何只换来外物？

---

　　① 恺撒（Julius Caesar，前100—前44）为古罗马军事统帅及独裁者，半生东征西讨，最终死于刺杀。蒲柏在这里把他列为冷酷征服者的典型（"钳制国邦的悍将"）。据古罗马历史学家苏埃托尼乌斯（Suetonius，69?—122?）《罗马十二帝王传》（De Vita Caesarum）第八卷所载，古罗马贤君提图斯（参见前文注释）曾在晚餐时反躬自省，发现自己这一天没做善事，于是叹道："朋友们啊，我白白浪费了一天。"

　　② 可参看《旧约·传道书》当中的语句："……日光之下，捷足者未必跑赢，强力者未必战胜，智慧者未必得食，明哲者未必致富，工巧者未必受赏；众人遭际，不过时运与机会而已。"

为何人没成为神，人间没成为乐土？

若如此究诘不止，将永无餍足之时，

见上帝库藏不匮，便怪祂吝于赏赐：

165　上帝有无尽神力，人也有无尽贪求，

要升入何等仙境，人才肯止步罢休？

六

内心的真切喜悦，灵魂的安和日光，

非外物所能给予，非外物所能毁伤，

便是美德的奖赏。① 你还嫌上苍吝啬？

170　那就给谦逊之德，配上六驾的马车，

给正义征服之剑，给诚笃讲道之袍，

或是给公心王冠，必能将毛病治好。②

────────────

①　可参看苏格兰哲学家威廉·大卫·罗斯（William David Ross，1877—
1971）所译亚里士多德《尼各马可伦理学》（*Nichomachean Ethics*）第一卷的论
述："人生成败并不取决于这些事物（身外之物）……善举或恶行，才是构成幸
福或不幸的要件。"

②　以上四行是反语，意思是外物往往与美德相抵触，不适合作为美德的奖
赏，"六驾的马车"不适合"谦逊"，"征服之剑"不适合"正义"，"讲道之袍"
（教士、法官或学者的礼服）不适合"诚笃"，"王冠"也不适合"公心"。一些
西方学者认为，末一行是讽刺当时的英王乔治二世（George II，1683—1760，
1727 至 1760 年在位），因为他加冕之前支持政府中的反对派（蒲柏的友人多数
属于反对派），由此与父亲乔治一世（George I，1660—1727）不和，加冕之后
却改变立场（治好了"公心"这个"毛病"），继续任用乔治一世宠幸的权臣。

软弱愚昧的人啊！难道彼世的奖励，

竟会是疯癫凡夫，此世欣羡的垃圾？

175　难道你成年之后，依然如孩童一般，

还要为蛋糕苹果，眼巴巴长吁短叹？

去吧，去学印第安人，哪怕到了来生，

照旧企盼你的狗，你的妻你的酒瓶；①

并继续幻想上苍，将会把这类货色，

180　以及玩具和帝国，配发给高贤硕德。

这一切身外之物，若成为美德奖赏，

或将于美德无益，或将使美德沦丧：②

二十一岁的圣贤，美德被外物扰乱，

到六十晚节不保，这情形何等常见！

185　除了善人与义士，财富还能使谁人，

得到满足或乐趣，得到美名或信任？③

---

①　以上两行可参看第一札第三部分末段关于印第安人信仰的描写。

②　可参看弥尔顿长诗《复乐园》（*Paradise Regained*，1671）第二卷当中的诗句："切莫称颂财富，它是愚者的苦役，/又是智者的累赘，甚或陷阱，/往往会使美德废弛，丧失锐气，/很少会督促美德，去完成可钦事业。"

③　以上两行可参看蒲柏的挚友、英国作家斯威夫特（Jonathan Swift，1667—1745）1728 年 2 月 28 日布道词（斯威夫特时任都柏林圣帕特里克大教堂的教长）当中的语句："……巨大的财富，本身并不是一种福运……如何才能把它变成福运？唯一的办法是用它来养活无食之人、衣被无衣之人、奖掖有功之人，简言之，用它来做仁善慷慨的事情。"

法官和议员席位，皆可用黄金收购，

敬重与爱戴二物，却从未上架出售。

世间有仁德君子，爱人亦为人所爱，

190　生活既健康安适，良心也澄明清白，

愚者却认定此人，遭上帝诅咒忌恨，

只因他家世贫寒，名下无千镑①年金！

荣耀和耻辱之源，并不是外部条件，

演好你本分角色，方可有荣耀可言。

195　时运确可使各人，境遇有差别细小：

或在锦纨中瑟缩，或在褴褛中招摇；②

鞋匠有围裙一件，牧师有法袍一领，

修士有兜帽遮头，君主有王冠盖顶。

你问："兜帽王冠之别，岂非无以复加？"

200　朋友啊！智者笨伯，更可谓地远天差。

若君主治国无方，行径与僧侣一般，③

---

① 按零售价格指数计算，1734 年的一英镑相当于 2020 年的一百六十五英镑。

② 一些西方注家认为，蒲柏这行诗存在词语搭配错位的毛病，正确的写法应该是用"招摇"（flaunts）搭配"锦纨"（brocade），用"瑟缩"（flutters）搭配"褴褛"（rags）。但蒲柏这种看似不合常理的搭配，恰可凸显时运易变本色难改的事实。

③ 这一行可能指涉西班牙国王腓力五世（Philip V，1683—1746）。1724 年 1 月，腓力五世把王位传给年仅十七岁的长子，遁入修院隐居，其原因迄今未有定论。但他的长子于同年 8 月死于天花，迫使他复位执政。

或牧师醉如鞋匠，此理便一目了然：
唯美德予人荣耀，无德者永居下流，
其余一切仅仅是，皮制或呢制行头。①

205　头顶无数个爵位，身缠无数条绶带，
君王或御用娼妓，可予你此类赏赉。②
你尽可以矜夸门庭光耀，血脉纯良，
从卢克芮丝到卢克芮丝，静静流淌；③
但你若想借先辈功德，抬自己身价，
210　便须得小心挑选，只数算族中贤达。
去吧！若是你的血脉，虽古老却可耻，
经由百千无赖，从大洪水传到今时，
去吧！假装你的家世，并无悠远源流，
别承认你的宗族，做蠢材如此长久。

---

　　①　鞋匠的围裙是皮做的，教士的法袍则以呢料制成。这一行的意思是外部条件仅仅是衣饰皮毛，不可能给人带来荣耀。

　　②　以上两行可参看蒲柏致友人拉尔夫·艾伦书信中的语句："他们把君王称作荣耀的源泉，但在我看来，君王仅仅是派发爵位的施主。""御用娼妓"的说法，是因为英国历史上一些君王情妇众多（比如查理二世和乔治二世），情妇干政的事例亦不鲜见。

　　③　卢克芮丝（Lucrece）或称卢克芮霞（Lucretia），是传说中的古罗马节烈贵妇。据说卢克芮霞被古罗马暴君塔尔昆（Tarquinius Superbus，?—前495）的幼子强奸，因此含恨自杀。此事使得愤怒的民众揭竿而起，推翻了塔尔昆的统治。"从卢克芮丝到卢克芮丝"意为美德代代相传。

215　什么能把愚痴卑贱怯懦，染成高贵？
　　唉！用光霍华德家^①的血液也是白费。

　　再来看伟大事功：谁堪当伟大之称？
　　"当然是英豪智者，还能是何方神圣？"
　　从马其顿的疯子，直到瑞典的国君，^②
220　英豪所为略相似，此一节可为公论；
　　他们的人生只有，同一个奇异目的，
　　或是与人类结仇，或是以人类为敌！^③
　　个个都从不回顾，只知道纵目前瞻，
　　但他们前瞻所及，远不过自己鼻尖。
225　号为智者的政客，彼此也如出一辙，
　　全都是狡狯爬虫，一双眼四下扫射，
　　见有人懈怠走神，便施放暗箭冷枪，

---

　　①　霍华德家族（House of Howard）为英格兰著名望族，该家族从 15 世纪开始世袭诺福克公爵（Duke of Norfolk）头衔，直至如今。诺福克公爵是英格兰最显赫的公爵头衔。

　　②　"马其顿的疯子"即亚历山大大帝。"瑞典的国君"指瑞典国王查理十二世（Charles XII, 1682—1718），此人尚武好战，善于用兵，最终在侵略挪威的战争中阵亡。苏格兰诗人及剧作家詹姆斯·汤姆森（James Thomson, 1700—1748）在长诗《冬季》（Winter, 1744）当中称他为"北方的疯癫亚历山大"。

　　③　弥尔顿曾在《失乐园》第一一卷当中表达类似的看法，其中说人们不该把那些武功赫赫的征服者奉为"人类恩主""神明"或"神明之子"，应该把他们称为"人类毁灭者"或者"人类的瘟疫"。

得势不是靠智慧，靠的是他人不防。

英豪虽能征善战，政客虽骗术高明，

230　　将恶棍称为伟人，终归是荒唐透顶；

迹近疯狂的蛮勇，居心叵测的智谋，

只能叫蠢材之冠，只能叫奸佞之尤。

谁能以高贵手段，将高贵目标实现，

失败也志节不改，笑对流亡或锁链，　.

235　　秉政如贤君奥勒留，或是从容捐生，

与苏格拉底一般，方不负伟大之名。①

声名何物？仅仅是众口呼嘘的蜃景，

哪怕是生前赢得，亦不过身外幻影。

声名只限主人所闻，主人未闻之誉，

240　　无论属于你或图利，都是同样空虚。②

声名给人的感受，从起始直到终止，

总不出身边敌友，组成的小小圈子；

对圈外之人来说，声名如水月镜花，

---

　　① 奥勒留（Marcus Aurelius，121—180）为公元 161 至 180 年在位的罗马皇帝，名著《沉思录》（Meditations）的作者，以仁善贤明著称；苏格拉底（Socrates，前 470?—前 399）为古希腊大哲，柏拉图的老师。雅典公民以渎神的罪名判他死刑，他为了不破坏城邦法律而拒绝逃跑，从容就死。

　　② "你"指布鲁克勋爵。图利（Tully）是西方古人对西塞罗的习称，源自他的全名马库斯·图利乌斯·西塞罗（Marcus Tullius Cicero）。

无论主人是健在欧根①，或已故恺撒，

245　无论他光辉已逝，抑或是如日中天，

是在卢比孔河畔，还是在莱茵岸边。②

才子与羽毛无异，英豪与笞杖相同，③

诚笃君子才堪称，上帝的妙笔神工。④

声名只能使恶棍，死后也难逃恶评，

250　当正义将他尸身，扯出他埋骨坟茔，

本应该化为腐朽、归于湮灭的物事，

便由此高挂空中，使半数世人掩鼻。⑤

若无有真实德业，一切声名皆外物，

---

①　欧根即欧根亲王（Prince Eugene，1663—1736），战绩辉煌的奥匈帝国名将。

②　卢比孔河（Rubicon）是意大利东北部的一条河，曾经是罗马共和国山南高卢行省和意大利本土之间的界河。公元前 49 年，时任山南高卢总督的恺撒率军渡河进入意大利，揭开罗马内战的序幕；蒲柏发表此诗的 1734 年，年已古稀的欧根亲王仍然在莱茵河畔率军征战。

③　"羽毛"一词是说才子无足轻重，兼指才子使用的羽毛笔。"笞杖"一词可参看第一札第五部分的"……差遣年少阿蒙，来世间教训人类"，兼指西方高级将领的一种配饰，亦即形如短棍的元帅杖。

④　据柏拉图对话录《迈诺斯篇》（Minos，许多西方学者认为此篇出于伪托）所载，苏格拉底曾说："善人是世间最神圣的事物，恶人则是世间最丑陋的事物。"

⑤　西方历史上也常有掘墓鞭尸之类的死后惩处。英格兰将领及政客奥利弗·克伦威尔（Oliver Cromwell，1599—1658）一度推翻英格兰的君主制度，并下令处斩英王查理一世。查理一世之子查理二世于 1660 年复辟，人们于 1661 年掘出克伦威尔的尸身，拴上锁链，挂到绞架上示众。

虽可在头顶盘旋，却无法深入肺腑：

255　一小时内心坦荡，便胜过累月经年，

接受那愚众瞻仰，倾听那欢呼喧阗；

流亡的马塞卢斯，感受的真切欣喜，

有甚于跋扈恺撒，奴视元老院之时。①

傲视群伦的才能，可带来好处几多？

260　做智者滋味如何？你②不妨尽力叙说。

不过是能够认知，可知者何其有限，

能看清众人谬误，能体察自身缺憾；

注定为实务虚文，受苦刑疲于奔命，③

无人能予你助力，无人能将你品评。④

265　你想要传授真理，或阻止邦国沉沦？

众人皆惧，无人援手，知音举世难寻。

---

　　① 马塞卢斯（Marcus Claudius Marcellus，?—前45）为古罗马政客，西塞罗的友人，恺撒的政敌，恺撒得势后遭到放逐，致力于研究文学与哲学。得势后的恺撒独掌罗马国政，元老院形同虚设，诗中故有"奴视元老院"之说。

　　② "你"是指布林布鲁克勋爵。

　　③ 这一行的意思类似于庄子说的"巧者劳而知者忧"。

　　④ 据蒲柏的友人、英国历史学家约瑟夫·斯彭斯（Joseph Spence，1699—1768）《书人轶事》（*Anecdotes, Observations, and Characters, of Books and Men*）所载，蒲柏有一次说到培根和布林布鲁克勋爵，随即感叹："一个人要是超出常人太多，哪还能找到可以对话的人呢？"

折寿的卓荦才智！① 徒使人自命脱俗，

既超越尘世荒谬，便超越尘世慰抚。②

且对这种种幸运，来一番细细点算，

270　再计入公平扣减，看总账是赔是赚。③

看种种幸运如何，相互间水火不容，

得此失彼的情形，是如何层出不穷；

看此类幸运如何，与更大福祉龃龉，

总使人不得安逸，有时还性命堪虞。

275　若是你虑及此节，仍不改艳羡之心，

请问你是否愿意，做此类幸运之人？④

若是你如此愚顽，竟至为绶带叹息，

---

① "折寿的卓荦才智"出自艾迪森名剧《加图》，是剧中主角加图的自叹。

② 参照一些西方注家的说法，以上两行的意思是超卓才智若没有美德支撑，便无法使人得到真正的幸福，但它能使人看清"尘世荒谬"，由此使人连虚幻的幸福（"尘世慰抚"）也得不到。

③ 以上两行可参看蒲柏致友人亨利·克伦威尔（Henry Cromwell，1659—1728）书信中的语句："我这样一个一辈子什么也没做的家伙，干吗要为什么也没写羞愧呢……但你可能会说，世上所有人都有某事要做，有某事要谈，要为某事企盼，要拿某事打发时间；可是先生啊，你不妨算个总账，把所有这些'某事'加在一起，总和若不是'无事'，还能是什么呢？"

④ 以上四行可参看拉布鲁耶（参见前文注释）《当代世风》英译本（*The Characters, Or, the Manners of the Present Age*, 1713）当中的论述："我们不必羡慕一些人积攒的巨大财富……我们无法像他们那样，为这些东西牺牲健康、安逸、人品和良心，那样子代价太高，实是得不偿失。"

请看它如何装扮，影勋爵比利爵士；[①]

你是否毕生渴望，囤积那金黄粪壤？[②]

280　只需看看守财奴，或守财奴的婆娘；

若你企盼才智，请看培根如何自毁，

成为最睿智、最颖悟、最下作的人类；[③]

若你为响亮名声，心痒痒不能自拔，

去看看克伦威尔，注定受永世唾骂！

285　若你有雄心万丈，想兼收前述外物，

则须当鉴古知今，视外物皆如粪土；

看往昔既富且贵、才大名高的人杰，[④]

是如何假装攀上，完满幸福的梯阶！

此辈得君王欢心，抑或受王后宠爱，

290　幸哉！可使前者覆亡，可将后者出卖。

---

　　①　蒲柏用"影"（Umbra）搭配"勋爵"，意在表明爵位如影子一般空幻。据一些西方注家所说，"比利"（Billy）之名可能指涉英格兰政客威廉·荣吉爵士（Sir William Yonge，1693?—1755），同时代另一个政客指斥他一无所长，声称"他的名字是一切可怜可鄙、腐败堕落之物的代名词"。"比利"是"威廉"的昵称。

　　②　"金黄粪壤"（yellow dirt）喻指财富。

　　③　培根曾因受贿被定罪处刑，但"最下作"（meanest）的形容显系诗家夸说，不能当真。

　　④　许多西方注家认为，蒲柏此处提及的"人杰"暗指英国政治家丘吉尔的祖先、英国名将第一世马尔博罗公爵（John Churchill，1st Duke of Marlborough，1650—1722）。马尔博罗公爵符合"既富且贵、才大名高"的形容，一生事迹也与下文所说不无相符。但把此处的"人杰"视为泛指或假想，亦无不可。

看此辈堂皇光彩，靠何等邪术闪耀，

好比赫赫威尼斯^①，崛起于污泥海草；

看此辈权柄势焰，如何与罪行俱增，

一步步铸就英名，一步步泯灭人性；

295　看此辈头上戴满，征服欧洲的冠冕，

冠冕却血渍斑斑，或是靠黄金兑换；

看此辈心劳日拙，抑或是逸豫亡身，

又或因劫掠四方，以至于恶声远闻。

被诅咒的金银啊！再怎么钓誉沽名，

300　终不能使你发光，或将你耻辱洗清！^②

此辈到咽气之时，又有何福运随侍？

只有些贪婪仆役，或者是泼悍妻子，

僭占那纪功穹顶，画满故事的华厅，^③

---

①　存在于公元 7 至 18 世纪的威尼斯共和国（Republic of Venice）曾是雄冠欧洲的海上强国，到蒲柏的时代则已经国势衰微。

②　以上两行可参看英格兰翻译家托马斯·克瑞奇（Thomas Creech，1659—1700）《英译贺拉斯颂诗、讽刺诗及书札》（*The Odes, Satyrs, and Epistles of Horace Done into English*，1684）颂诗部分第二卷第二首当中的诗句："若没有正当用途，使银子品质改良，/ 赋予它价值，使得它闪闪发光，/ 银子的外观，将何等污秽卑贱，/ 与普通的黄铜，相差何等遥远？"贺拉斯（Horace，前 65—前 27）为古罗马诗人，在蒲柏的时代备受推崇。

③　显贵的宅邸常有此类装饰。马尔博罗公爵宅邸布伦亨宫（Blenheim）客厅的穹顶及四壁绘有纪念公爵战功的图画，宫中的一些房间挂有壁毯，图案是公爵戎马生涯中的战争场景。

　　　　使家主寝卧不宁，瑟缩于浮靡暗影。

305　　唉！且莫为此辈正午光焰，眼花缭乱，
　　　　要衡量此辈时日，须算上晨间傍晚；
　　　　将他们诞妄声名，一股脑加在一起，
　　　　不过是荣辱交缠，假充真烂账一笔！

七

　　　　既如此当知此理，知此理便已具足：
310　　"凡尘下界的幸福，除美德①别无他物。"
　　　　美德为唯一支点，使幸福屹立不倒，
　　　　使人能品尝美好，又不致堕入魔道。②
　　　　善举因蕴含美德，才获得笃定奖赏，
　　　　受恩者与行善者，同领受福佑无疆；
315　　倘若能达成目标，喜悦便无与伦比，
　　　　纵然是折戟沉沙，亦不觉痛苦失意；③

---

　　① 据梅纳德·马克所说，蒲柏在此类语境下使用的"美德"（virtue）一词，含义大致相当于"仁爱"（benevolence）。
　　② 这一行有可能反映了亚当、夏娃因品尝禁果而堕落的《圣经》典故。并可参看培根《广学论》第二卷当中的论述："众人皆知，天使希求上帝的能力，由是僭越堕落……凡人希求上帝的知识，由是僭越堕落……但就希求效仿上帝的仁善或仁爱而言，人和天使都不曾僭越，也永远不会僭越。"
　　③ 在蒲柏手稿当中，这一行后面还有六行："即便当善举看似，摆不脱无穷厄运，/使善人一切欢愉，与劫难交缠不分，/此境也只能使他，更懂得审时处事，/以耐性应对劫难，以节制应对欢愉；良心会赠他，世间仅有的坚牢喜悦，/用这块不磨的基石，垫高他的境界。"

无论处何等顺境，皆无有餍饫懈怠，

越遭遇艰难困厄，越生发豪气壮怀；

即便是美德之泪，也抚慰主人心胸，

320　远胜于丧心恶习，得意至极的笑容。①

美德从一切处所、一切事物中获益，②

虽永无休歇之日，却永无疲乏之时；

但使有一人受苦，便从不喜气洋洋，

但使有一人得福，便从不灰心绝望；

325　美德从没有匮缺，也没有未了之愿，

只因你希求进德，德业便已有进展。③

请看这上苍所赐，唯一的普遍福祉！

能感受即能品尝，能思想即能认知。

但恶人迷于伪学，受困于多财之厄，

330　终无缘得享此福；善人则不学而得，

不奴事任何教派，不选择自私道路，

---

① 　以上两行可参看蒲柏致友人贝瑟（参见前文注释）信中的语句："（善举）往往带来至大的快乐……与此同时，不容否认的是，最高尚的举动也经常达不到助人为乐的目的，这样的情形确实使人十分失望……但我仍然坚信，善人的这种失望，是比区区自利者最大的满足和成功更大的快乐。"

② 　这一行可参看蒲柏《杂思录》（*Thoughts on Various Subjects*）当中的语句："善人以整个世界为快乐源泉，人类同胞的任何福祉都会给他带来快乐……"

③ 　这一行的意思是，向善之念本就是一种美德。

目光可穿透自然，仰望那自然之主，

观瞻那无尽链条，它贯通造物宏图，

连接穹苍与大地，连接神圣与凡俗，

335　便看见任何链环，皆无有幸福可言，

除非与尊上者相牵，与卑下者相连，

便从这节节攀升、息息相关的整体，

认清人类的灵魂，最初最终的目的，

便明了一切信仰、律法和道德规箴，

340　起点终点都只是，**爱上帝**以及*爱人*。①

希望只引领善人，达成一个个目标，

永无止息地绽放，将他的灵魂照耀，

到最后扩展成为，广大无边的信仰，

倾出幸福的琼浆，好充溢他的心房。②

345　他明了自然为何，使人类独有妙悟，

既希冀已知之福，又笃信未知之福

---

①　可参看《新约·马太福音》当中的语句："耶稣对他（一名律法师）说，你须当……爱主，爱你的上帝，这是至大的第一诫命。其次的诫命与此相仿，你须当爱人如己。"

②　以上四行可参看柏拉图对话录《理想国》（*Republic*）第一卷当中的论述："希望会庇佑圣洁义人的灵魂，充任他暮年的看护和旅途的伴侣。"并可参看托马斯·阿奎那《驳异大全》第三卷第一五三章的论述："……希望引导人走向对上帝的真挚之爱，反过来，人可以通过仁爱之举获得更坚定的希望。"

（自然予万物天禀，从不是徒然虚设，

其他族类所求如何，所得便是如何）；

她赠人绝妙嘉礼，此嘉礼可充接头，

350　使人的至大幸福，与至大美德相扣；

既是人自求福佑，最为光明的期许，

又是人博施济众，最为强烈的动机。①

自爱便由此化生，社群及神圣之爱，

使人舍一己之私，以邻人福祉为怀。

355　此善念太过狭小，不配衬无垠心地？

尽可以将它拓宽，使恩德及于仇敌。②

将举世具备理性、感觉或生命之物，

一股脑揽入一个，仁爱的无隙穹庐：

无论处何种境界，喜乐与善德俱增，

360　幸福巅峰不在他方，正在博爱巅峰。

---

①　以上八行可参看蒲柏写在手稿中的解释："上帝使人向慕永生，这至少可以证明，祂希望我们思考永生，企盼永生；而且，祂不会使任何生物产生徒然的欲求。鉴于上帝显然给了人这样的希望或本能，人显然应当接纳这样的希望。这样一来，人就有了最大的希望，以及最大的为善动机。"

②　以上四行可参看《新约·马太福音》记载的耶稣训诫："你们听人说，须当爱你们的邻居，恨你们的仇敌。但我告诉你们，也当爱你们的仇敌，为诅咒你们的人祈福……"

上帝之爱无量，从整体向局部流溢，

凡人之爱却只能，从个体扩至整体。

自爱于良善心智，仅仅有唤醒之用，

好比一枚小卵石，将平静湖水搅动；

365 卵石一投入湖水，便激起涟漪一圈，

涟漪与涟漪相继，一圈圈不断扩展；

这涟漪首先触及，父母邻居和朋辈，

其次是父母之邦，再次是整个人类；

心智中仁爱洪流，向远方漫衍不止，

370 终包举一切生灵，无论其品种族裔；

大地得无尽嘉贶，笑开颜心花怒放，

天国在善人胸中，看到自身的影像。

来吧，我的朋友，来吧，我的守护之神，

来吧，我的君长，我这首歌行的主人！①

375 当我的缪斯上下翻飞，细细地剖析，

人类的卑陋激情，以及其高远鹄的，

请教我像你一样，握智珠处变不惊，

少一些骄矜自大，多一些从容淡定；

以你的高论为法，使辞章游刃有余，

380 能庄重亦能轻快，能佻脱亦能规矩，

---

① 本段呼应此诗开篇段落，以布林布鲁克勋爵为诉说对象。

工稳而富于生气，雄辩而不失平易，

说理时专精邃密，琢句时合度得宜。

噢！当你的鼎鼎大名，沿时间的长河，

展双翅款款飞行，采尽它美誉之果，

385　我这叶小小扁舟，是否能随你登程，

追寻那辉煌胜利，分享那浩荡顺风？

当此间帝王将相，一个个入土安息，

当彼等子嗣自愧，因父辈与你为敌，①

这篇诗作是否能，向后世朗声表白，

390　你是我的向导、我的明师、我的友侪？

同时昭告后世，是你敦促我将诗艺，

从声响转向本体，从幻象转向真谛，

扔下才智的棱镜，举起自然的圣火，②

晓谕愚顽：一切如何，便是该当如何；

395　**理性**与**激情**齐心，为同一大业效力；

真真正正的**自爱**，与**社群**之爱无异；

唯**美德**方能缔造，凡尘下界的福分；

一切知识的目的，是**认清我们自身**。

---

①　布林布鲁克勋爵是当时英国政坛的异端，曾参与推翻英王乔治一世的图谋，失败后逃往法国。英国政府判定他犯有叛国罪，后来又赦免了他，允许他返回英国。他毕生积极参政，但最终成效甚微。

②　这一行的比喻可看第三札诗行"当这缕清光尚未，被偏斜才智搅散"，以及该行注释。

汉译文学名著

第一辑书目（30种）

汉译文学名著

第二辑书目（30种）

枕草子	〔日〕清少纳言著	周作人译
尼伯龙人之歌	佚名著	安书祉译
萨迦选集		石琴娥等译
亚瑟王之死	〔英〕托马斯·马洛礼著	黄素封译
呆厮国志	〔英〕亚历山大·蒲柏著	李家真译注
波斯人信札	〔法〕孟德斯鸠著	梁守锵译
东方来信——蒙太古夫人书信集	〔英〕蒙太古夫人著	冯环译
忏悔录	〔法〕卢梭著	李平沤译
阴谋与爱情	〔德〕席勒著	杨武能译
雪莱抒情诗选	〔英〕雪莱著	杨熙龄译
幻灭	〔法〕巴尔扎克著	傅雷译
雨果诗选	〔法〕雨果著	程曾厚译
爱伦·坡短篇小说全集	〔美〕爱伦·坡著	曹明伦译
名利场	〔英〕萨克雷著	杨必译
游美札记	〔英〕查尔斯·狄更斯著	张谷若译
巴黎的忧郁	〔法〕夏尔·波德莱尔著	郭宏安译
卡拉马佐夫兄弟	〔俄〕陀思妥耶夫斯基著	徐振亚·冯增义译
安娜·卡列尼娜	〔俄〕列夫·托尔斯泰著	力冈译
还乡	〔英〕托马斯·哈代著	张谷若译
无名的裘德	〔英〕托马斯·哈代著	张谷若译
快乐王子——王尔德童话全集	〔英〕奥斯卡·王尔德著	李家真译
理想丈夫	〔英〕奥斯卡·王尔德著	许渊冲译
莎乐美 文德美夫人的扇子	〔英〕奥斯卡·王尔德著	许渊冲译
原来如此的故事	〔英〕吉卜林著	曹明伦译
缀子鞋	〔法〕保尔·克洛岱尔著	余中先译
昨日世界：一个欧洲人的回忆	〔奥〕斯蒂芬·茨威格著	史行果译
先知 沙与沫	〔黎巴嫩〕纪伯伦著	李唯中译
诉讼	〔奥〕弗兰茨·卡夫卡著	章国锋译
老人与海	〔美〕欧内斯特·海明威著	吴钧燮译
烦恼的冬天	〔美〕约翰·斯坦贝克著	吴钧燮译

汉译文学名著

第三辑书目（40种）

图书在版编目（CIP）数据

论人 /（英）亚历山大·蒲柏著；李家真译注 . — 北京：
商务印书馆，2022
（汉译世界文学名著丛书）
ISBN 978 - 7 - 100 - 21368 - 4

Ⅰ. ①论… Ⅱ. ①亚… ②李… Ⅲ. ①讽刺诗—诗集—
英国—近代 Ⅳ. ① I561.24

中国版本图书馆 CIP 数据核字（2022）第 115602 号

汉译世界文学名著丛书

论人

〔英〕亚历山大·蒲柏　著

李家真　译注

商 务 印 书 馆 出 版
（北京王府井大街36号　邮政编码100710）
商 务 印 书 馆 发 行
北京市十月印刷有限公司印刷
ISBN 978 - 7 - 100 - 21368 - 4

2022 年 9 月第 1 版　　　　开本 850×1168　1/32
2022 年 9 月北京第 1 次印刷　印张 3¼

定价：38.00 元